Hey 親愛的睡美男

My Sleeping Handsome

吉賽兒，抽根菸吧 著

在我心裡，我只是惹人厭的雨天，
在她心裡，我卻是照亮世界的暖陽。

楔子　下雨了

頂樓平時幾乎是沒有人上來的。

言子陽一聽見老舊鐵門被推開的吱嘎聲就醒了，他撐著手坐起，睡眼惺忪地望天，不知道什麼時候突然下起了雨。目光移向門口，只見一個纖瘦的人影緩步進來，從他的角度看不見臉，只能從背影看到烏黑的長直髮和平整筆挺的制服裙襬。

「誰啊……」他撓撓睡亂的頭髮，心想難不成這年頭連翹課的祕密基地都有人要搶？

美術大樓位在漢平藝術高中的「邊陲地帶」，為美術科三個年級所獨用，又因學校靠山，這五層高的矮樓正好建在山邊，為山所環擁，山上樹多，頂樓終年不得陽光直射，又有幾屆前的美術科生以乾燥花為主素材做了個改良式花棚放在這，裡頭擺上兩張木製長椅，就是現成的涼亭，擋風遮雨又涼爽舒服。

因此言子陽特別喜歡翹課來這裡睡覺。

獨自佔據這頂樓也快一年了，他幾乎沒見人上來過，一來美術大樓位置偏遠、其他科學生過來還得爬坡；二來美術科學生老傳說頂樓鬧鬼，說得繪聲繪影、搞得人心惶惶，最後乾脆都沒人來了。

今天倒稀奇，有個人來——而且一上來就往女兒牆上爬。

言子陽從木製長椅上跳起來的時候，那人已經緩慢爬上了牆頂，動作笨拙地像是哪裡使不上力；風拂開她的長髮、制服裙襬跟著在身後翻飛，而她單薄的身子不住搖晃，看得他膽戰心驚，好像下一秒她就會消失在他的視線裡。

這時，那人鬆開了手掌，本來緊捏著的一張紙飄落在地。

言子陽睜大眼睛看著……恍然大悟。

——這女的想要自殺，那張紙，大概是遺書。

「喂！」他大喊，聲音大得都起回音了，可那人卻一動不動，像根本沒有聽見。

言子陽踏出花棚，感覺幾滴雨飄過自己的面頰。

「不是吧……妳在這跳樓，以後我還怎麼來這裡睡覺？」嘴裡喃喃著，他的雙腿也邁開步伐跑了起來，同時，令人心臟緊縮的一幕映入眼中。

那人抬起了腳，正準備向外跨——

「不可以！」他再次喊出聲。

幾步的距離，在那人的身影緩緩向外傾倒之時，言子陽衝上前去、伸出手死命一抓——抓住她手臂的瞬間，他愣住了，緊接著一個人影朝他落下來。

言子陽接住她，茫然地低下頭去看——蒼白的唇頰、了無生氣的眉眼。

她昏過去了。

第一章　受傷了

開學日的大清早，漢平藝術高中外頭那條長又直的馬路上，滿是灰白交織的身影，有的緩慢前行、有的追逐竄動，大多都是三五成群，也有部分形單影隻的。

而管湘，就屬於畫面中的後者。

天還涼，她穿著制服的長袖白襯衫和灰白色格紋毛呢裙，外罩著針織背心及挺版的薄長大衣，背後一個雙肩後背包，懷裡，則緊抱了個牛皮紙袋。

校門口，一條「賀　舞蹈科年度舞展門票完售」的紅布條張揚地掛在那兒，看得她背脊發涼。她低下頭，快步經過警衛室和站崗的教官，不再到處看。

「湘湘，早啊。」兩、三個身影伴隨奔跑的腳步聲竄過，有人順口喊了她。管湘見是同班同學，反射性地抬起手回應，可嘴角的笑容，僵硬得像校門口新鋪的水泥地。

她沒往教室走，而是逕直去了導師辦公室。門敞開著，她禮貌性地敲了兩下。

「喔，管湘？」班導戴芷正泡茶喝，見她來忙招呼進去，「一大早的，什麼事？」

辦公桌上散放著幾張紙，花花綠綠的顏色，仔細一看，是舞台的定裝表，上頭有些手寫註解，每套服裝對應一個人名，管湘隨便一瞥，就瞥見自己的名字。

她不說話，緊緊咬著下唇，然後把懷裡緊拽著的牛皮紙袋交了上去。

裡面是一疊紙，密密麻麻的文字和幾張影像，讓戴芷看了好長時間，越看，臉色越發沉重。

「什麼時候的事？怎麼弄的？」她問，聲調和方才迎管湘進來時的親切截然不同。

「寒假的時候，從舞台上摔下來了。」管湘據實以答。當時蜷縮在地上冷汗直流的情景還歷歷在目，一回想起那陣劇痛，她皺了皺眉。

戴芷抬著銳利的眼神看她，「妳自己私下接的表演？」

管湘低下頭，「嗯。」

「學校不准私接商演的，妳不知道嗎？」

「知道。」

戴芷不甚滿意地嘆氣，「我早說過，私接的表演如果出意外，站在學校的立場是沒辦法提供任何幫助的，就算妳是邢老師的女兒，那也不能……」

管湘不語。

戴芷繼續翻看那幾張紙，神色漸趨冷淡，「傷了十字韌帶？」

「是。」更正確地說，是斷了。

空氣彷彿停止流動，短短幾秒間，那黏糊的沉默幾乎讓管湘窒息。

「所以，以後沒辦法跳舞了，」最後戴芷抬眼，詢問的目光望進她眼裡，「是不是？」

管湘感覺胸口被人拿尖銳的東西戳了，心臟往下沉了幾吋。

「我會努力復健。」她咬著牙，一字一句道，儘管自己都覺得這承諾聽上去很蒼白。

戴芷抿抿唇，不斷輕輕地點著頭，將幾張紙收回牛皮紙袋中。

這表情管湘是熟悉的，每次只要練習達不到戴芷的期望，她都是這個反應：不說話，卻不停細碎而快速地點著頭，好像在思考該怎麼批評她們不到位的表現。

「待會第一節班會課，妳先別去教室，」她把牛皮紙袋還給管湘，「這件事關係到兩個月後的年度舞展，包含主、副領舞的人選變動和舞碼修改，必須告知其他同學。」

管湘沉默地垂下眼。

戴芷雖說得輕描淡寫，但卻是要將她從舞展中除名的意思，她明白。

班導讓管湘隨便找地方待著，第二節課再回教室，管湘無異議地答應下來，然後離開導師辦公室。

不過幾句話的光景，卻像過了一世紀。

順手帶上辦公室的門時，走廊吹來一陣風，管湘打了個冷顫……原來，不知何時冷汗已經爬了她滿身。

戴芷讓她找地方待，她也不知道能待哪，過去她不是在舞蹈教室、就是在小劇場，如今她的腿不能跳，去了也是沒意義，可如果亂晃被教官逮住，又會平白惹來麻煩。最後管湘琢磨著，去了圖書館。

五樓擺放的是應用科學類書籍，因為題材冷門、少有人看，整層樓就只有管湘一人。她在標示著「外科」的書架前徘徊許久，經手的書不下數十本，都和運動傷害、復健有關，可每一本都只是翻了幾頁就放回去了。

煩躁。

原來無法參與其中的一節課，是這麼漫長。

好不容易下課鐘響，管湘從書頁裡抬起頭來，下意識深吸了一口氣，感覺心跳有點快、頭皮有點麻。明明嫌棄這被流放的時間不好打發，現在可以回去了她卻忐忑不安。

把書塞回架上，她等了幾十秒的電梯下樓，接著離開圖書館。音樂和舞蹈科共用的藝術大樓就在圖書館隔壁幾棟的距離，不到三分鐘，管湘已經回到舞蹈科一年級所在的樓層。遠處，班上同學正慢慢從教室出來，顯然班會剛結束。幾個女生走到了一塊，嘻笑談論著什麼，眉宇間流露明顯的喜色。

管湘眉一皺，突然不想回教室，轉頭就進了洗手間。

洗手間裡沒人，管湘瞪著鏡子裡的自己正出神，突然，外頭傳來一陣雜亂的腳步聲，且不只一個人的。她咬咬下唇，當機立斷走進最後一個廁間上鎖，倚著門板聽動靜。

「真是沒想到一開學就這麼勁爆，」談話聲由遠而近，是兩個女生進了廁所，一個扭開水龍頭、另一個拉開廁所門砰一聲關上。洗手的女生接著說：「不過莫名有點爽，怎麼回事？」

「何止爽，根本超爽，」另一個女生的聲音從廁間傳出來，管湘一愣……這似乎是早上進校門時和她打招呼的那人，「誰讓她老是一副自傲的樣子，當了半個學期的主領舞了不起嗎？受了傷還不是變成廢物。」

「就是說啊，憑什麼老師把好的資源都給她，我們不也是正大光明通過考試進來的嗎？」

「怪只怪妳沒有一個叫做邢華的養母，哈哈哈……」廁間裡的人推門出來，給自己按了點洗手乳，兩人又說了些風涼話。

「不過話說回來，最爽的還是郁忻吧，主領舞沒人，她這個副的就能爬上去了。」

「那倒是，總之，輪不到我們這些小角色啦……」

伴隨笑聲，聲音又漸漸遠了。沒多久，上課鐘打響。

管湘愣在門板後，突然覺得手上一陣疼。低下頭看，原來她早不知不覺攥緊拳頭，指甲全陷進掌心裡。一道道長短不一的紅痕，扭曲得像那些在背後嘲笑她的嘴臉。

好痛，她甩甩手想著，痛得她連眼睛鼻子都酸。

一上午，舞蹈科生上了一堂公民、兩堂國文，午飯時間三三兩兩去熱食部買了沙拉回來，按照慣例吃之前秤體重、紀錄，然後配著八卦把清淡無味的生菜吞到肚子裡去。下午第一堂課上的是現代舞蹈，所有人都是午休結束鐘聲一響，就結伴前往舞蹈教室。

管湘刻意趴在桌上，等人走得差不多了才慢慢抬頭，抓準上課前三分鐘進更衣室。果然，此刻裡頭已經空無一人。

她照常換上一身黑的舞蹈科韻律服，把頭髮抓成馬尾綁好，並將額前碎髮逐一梳起，露出白淨得有些憔悴的臉。鏡子裡，無神的雙眼回望著她，兩頰微微凹陷、眼圈厚重，雙脣則白得像兩片紙，怎麼看都沒了她過往的意氣風發。

按科內規矩，上課是不能化妝的，但管湘還是拿出脣膏來，給自己淡淡抹上一層，氣色總算好了點。

教室裡，老師尚未出現，管湘進去時，吱喳的談笑聲四起，所有人或坐或站，鬧哄哄地。第一排正中間的位置如常留空，儘管旁邊站滿了人，就是沒有誰會偏向那個位置多一點。

管湘垂下眼，抱著手臂穿過人叢，不慌不忙地站到那熟悉的位置上。

四周突然就安靜下來。

她穿的是半合身的科服，下半身則是貼腿的膚色韻律褲，如今這麼一看，右腿上掛了個箍住膝蓋的龐大護具，沉重的黑色與膚色成對比，在其他人眼裡格外醒目。沒多久，細碎而密麻的耳語開始從各方冒出。

管湘充耳不聞，站在她的位置上一動不動。

教室第一排的正中間，只有跳得最好的人才能佔據，這不只是舞蹈科的潛規則，連科任教師都是默認的。而管湘曾在這裡站了一個學期，若非她如今是帶傷狀態，想必沒人會對她選擇站的位置有異議。

「怎麼啦，妳們今天這麼安靜？」授課教師羅青推門進來，語帶爽朗的玩笑，「平時我遲到妳們早就鬧上天了吧，怎麼放了個寒假反倒乖了？」

耳語消停，教室安靜下來，同學們的眼神在羅青和管湘之間來回移動。

羅青將點名簿塞進櫃子，順手紮緊了馬尾走到鏡子前，見教室氣氛詭異，自然而然地跟著眾人目光望向管湘，然後眼神下移，落到她的腿上，表情微變。

別人有沒有讀懂管湘不知道，但是她懂了，那種情緒叫做惋惜。

看來戴芷已經把她的情況轉告各專科老師，以免她還得一個個解釋的難堪。

或許是怕她不好受，羅青半句話都沒多問，直接帶起了暖身操，而管湘背後時不時的刺探目光，使得氣氛越發沉默尷尬。

暖身操的幾套動作順序是固定的，上了一學期的課，同學們多已經熟記。此時暖完腰臀，所有人一致曲起右膝，蹲了下去。鏡子裡，突然空白的上半部構圖，只剩管湘一人的臉。

面對看著她的十幾雙眼睛，管湘只得轉向羅青，簡短地解釋：「我蹲不了。」

本來，她是最排斥這種句型的，任何「我不會」、「我做不到」的話，說出口聽起來就像認輸一樣，她通常不准自己用，可如今膝蓋上戴著護具、限制了彎曲角度，她就是想逞強也逞不了。

她的傷還在復原階段，如果沒有護膝的保護，她只怕早就出醜了。

羅青恍了幾秒的神，轉頭讓教室右側靠欄杆的同學清出一個位置來，接著又轉向管湘，「妳去站那兒吧，有欄杆扶著或許對妳來說方便些。」

管湘看過去，那個位置不僅邊緣，甚至都快到後面的角落裡了，站在那兒，能不能看到鏡子都是個問題，更遑論好好上課。她下意識感到排拒，「可是——」

「我是為妳好，否則現在的妳也跟不上進度，不是嗎？」羅青的作風一向率直，講起話來也沒有半點商量的空間，「去吧，等妳傷好再站回來就是了。」

頂著眾人目光往角落走去的過程，對管湘來說和凌遲並無兩樣。關於換位置是不是真的為了她好，關於傷好了是不是真的就能站回去，還有，關於她的腳到底會不會好，她不知道，也不願意去想。

就像是在害怕什麼。

管湘就定位後，羅青若有所思地看著面前的留空，又道：「這個位置也別空著，這樣吧——郁忻妳來站這兒。」

像是預料之中，被喊到的人臉上沒有半點驚訝地走了過去，換個位置，讓誰取代誰，就像是喝水一樣稀鬆平常的事。

可管湘卻突然呼吸困難。

她是沒見著天塌，卻感覺自己被砸中了，頭暈目眩。

連續至復健中心報到七天，是管湘自從受傷以後，前往頻率最密集的一週，像某種心靈寄託一樣，越是不安，就越想往那裡去。

這天復健完回到家，管湘瞥見玄關地上多了雙男款皮鞋，看著雖舊，鞋面卻擦得晶亮，很明顯鞋子的擁有者是個謹慎、注重形象的人。

她的目光黯了點。

此時邢華正好從廚房切了盤水果出來，瞧見她進門，連忙喊：「湘湘，妳回來得正好，來跟李醫師打個招呼。」

管湘早猜到鞋子的主人是他，本想直接掉頭上樓，現在被逮住了也只能走進客廳，不冷不熱地開口：「李醫師好。」

「嗯，湘湘放學了？」沙發上的男人回應道，笑得拘謹。

李朝明是舞台意外發生時，替管湘診治傷勢的醫生，也是邢華多年好友。他與邢華年紀相當，外貌看上去也登對，多年過去，管湘總以為他們會走到一塊兒，卻遲遲沒有動靜。

邢華招呼管湘坐下來吃水果，她卻心不在焉地望著客廳掛鐘，說道：「時間還早，你們兩個出去約會、吃個燭光晚餐什麼的……在家裡待著多悶啊。」

李朝明沒表示，邢華倒有些尷尬，「約什麼會，就知道胡說八道。李醫師今天來家裡，是帶了妳腿傷的檢查報告來的。」

這關鍵字不提也罷，一提起來，管湘就感覺自己像是被綁上了刑台。

「我還有作業要寫，」她逃避似地轉開眼神，「你們聊吧，我上去了。」

「欸，湘湘，妳——」

沒等邢華阻止，管湘旋風一樣踩著樓梯就走，進房時，門還砰一聲地甩上，像是在告訴別人不准打擾。

邢華聽著甩門聲無可奈何，只得坐下，惱了半天才想起，還沒把手上的叉子給客人。

李朝明接過水果叉道了謝，又問：「受傷之後，她的情緒一直這麼不穩定嗎？」

「已經一個多月了，」邢華點點頭，愁眉苦臉道：「別的倒都還好，只是腿傷的事不能提，一提她就變了個人一樣。」

李朝明戳起一片蘋果，思索著什麼沒說話。

「我收養湘湘那時，她才兩歲，也不知道是不是遺傳到她母親，從小就特別獨立，也沒什麼需要人操心的事，就是不太愛說話……」邢華訴苦一般，對李朝明說：「可是這次從舞台上跌下來後，她的話更少了，想和她聊聊腿傷的事，她避之唯恐不及……朝明，我從來沒有見過湘湘這樣……會不會出什麼問題啊？」

說到擔憂處，邢華沒有吃水果的胃口，把叉子放下了。

「妳別想那麼多，跳舞對湘湘來說多重要妳不是不知道，且她性子本就驕傲，如今腿傷了打擊肯定不小，這種時候給她一點空間和時間，讓她喘口氣吧。」李朝明跟著放下叉子，沉聲安慰：「妳也是辛苦了，未懷胎十月，卻要操親媽的心。」

邢華咬了咬下唇，「那……照你在電話裡和我說過的，檢查結果確定了？」

屋子裡很安靜，安靜得就像有人屏住了呼吸。

李朝明將紙袋裡的報告書遞給邢華，「就像我說的那樣，好好復健，半年、一年後，日常生活行動，甚至簡單的舞蹈都不會有問題。」

邢華翻出報告書，半天沒看出所以然，只得抬頭，「簡單的舞蹈……可是，湘湘最愛的現代芭蕾呢？」

一陣停頓，李朝明嘆了一口氣。

「現代芭蕾也是妳的專長，相信妳比我了解這種舞風的強度和變化性，激烈的時候，有多少急停、急轉的動作……這些都很倚仗關節的穩定度，也因此十字韌帶的功能相對重要，可如今湘湘她……」

話到此，樓上管湘的房裡突然傳出音樂聲，打斷了李朝明。客廳裡的兩個人都是一愣，目光朝二樓的房門望去，那音樂的分貝數高得不尋常，明顯是為了蓋過什麼。

而話題的主人公此時正在二樓房間裡，將手機扔回床上，回頭繼續擺弄門上掛著的東西。

家裡隔音不算好，方才李朝明一開口，管湘在房裡立刻就如針扎著心一般不適。她忙將手機連上藍芽喇叭，趕在他把話說完之前，用音樂包圍住自己，將外界的聲音一律隔絕。

門上掛著的是一件雪紡混紗質的洋裝，質地輕柔，顏色是帶橘的粉，很襯管湘的白皮膚。胸口那處，有一排串著小珍珠的流蘇，還差幾條未縫上。她一邊將衣服梳理平整，一邊聽喇叭傳來的音樂，聲音大得她有點耳疼了，可她卻沒有降低音量的想法。

她的臉上沒有任何表情。

面不改色，是她多年來的習慣，也確實一直都將真實的自己掩藏得很好，可是內心的不安，卻不是面不改色就能夠止住的。

過去十五年，她的人生只有跳舞，一心只想跟上邢華的腳步。她每一天都在練習、每一天都在想辦法進步，朝著在這領域走到頂尖的目標努力，而最後確實也靠實力進了漢平藝高舞蹈科——全國同齡中，舞蹈實力前百分之一的人都在這個科裡。

過慣了這樣的日子，讓她去想像不跳舞的人生是什麼樣子，她想不到。

也不想想。

管湘始終相信，只要努力就能有好的結果，這是她自小練舞以來的感悟。所以即使學校裡的人都已經半放棄了她、復健的效果不如預期，她也不想放棄——她不要聽別人說她「不行」，她認為自己「可以」，就一定「可以」。

只是，如果這個「可以」連自己都開始懷疑了呢？

心底掠過一陣煩躁和氣餒，她操著手裡的剪刀啪嚓一聲——把才縫上去不久的幾條流蘇一刀給剪斷，還連著把後頭的布料都剪了個洞。小珍珠像雨滴一樣落滿地，敲擊的聲響讓管湘瞬間回過神。她攢著眉坐到地上，把珍珠一顆顆拾回手心，邊撿邊數。

數到十的時候，眼眶莫名其妙紅了。

管湘兩歲時，父母車禍過世，作為母親的密友，邢華毫不猶豫收養了她。

那幾年，邢華剛以傑出編舞家的身分得到國家文藝獎，正是意氣風發的時候，而管湘，五歲就開始跌跌撞撞地學習現代芭蕾。

她頗有天分，國小時就是學校的公關代表，早會帶著全校做操、大型活動上台跳舞獻藝，中學開始多次在比賽中拿獎，加之作為邢華養女的光環，一時在青年舞蹈界聲名大噪。人人都說，邢華單身這麼多年，卻機緣巧合之下、不費任何懷胎力氣，就得到了管湘這個寶貝，還有人說，管湘勢必成為邢華的接班人，且青出於藍勝於藍，日後，她必定闖出一番天下……

瞪著自己連下樓梯都會偶爾軟腳的右膝，管湘神色黯淡。

一番天下，讓她現在拿什麼去打？

待她拾起所有珍珠，喇叭裡的音樂已經換過兩首，樓下再無動靜，似乎是結伴出門了。管湘起身，嘆口氣開始研究如何縫補被剪破的洞，一個晚上沒再踏出過房間。夜裡，邢華幾次敲門想和她聊一聊，她卻只是旋上鎖，把自己藏進更深的繭裡。

別和她說，她不想聽。

幾天後，眼看就要開始準備年度舞展彩排，戴芷這才想起要找管湘拿回衣服的事。那訂製服本來是給主領舞穿的，如今她既要退出，自然得交還。

「這……是原本的那一件？」戴芷看著管湘手裡的洋裝，一面翻出定裝表比對，「不太像啊。」

「是同一件，只是我加工了，」管湘的手指掃過胸前流蘇，解釋道：「這裡的珍珠、側腰的紗和底下的寶石，都是我縫上去的。原本的洋裝太樸素，不適合主舞穿、也不貼合舞碼主題。」

戴芷垂目細看。

舞蹈科生自行製作或加工表演服是常事，然而能有管湘這雙巧手的人卻不多，或者說——她對服裝有獨到且精準的眼光，把本來不起眼的設計輕易就轉變成了舞碼要的華麗風格，放在群舞裡一看，視覺上就有了層次。

戴芷不禁感嘆……這孩子對舞蹈愛屋及烏，是而連服裝改造都跟著上心，只是實在不知道她是用什麼樣的心情，在受傷之後還堅持把衣服加工完的。

她微感唏噓地接過洋裝、收回袋子裡，「真是辛苦妳了，都不參加舞展還做這些。」

管湘表面上乖巧地點頭，實際上卻觀察著戴芷的神色，她似乎完全沒發現衣服曾經被她剪破一個大洞……管湘悄悄鬆了口氣，受傷被迫退出舞展已經很丟人了，要是破壞衣服被人說成心有不甘、小肚雞腸，那她只能更難堪。

「來，坐著吧。」原以為交接了東西就能走，沒想到戴芷伸手拉了張椅子過來，「還有事情要跟妳說。」

管湘順從地坐下。

「妳的腿，復原得還好嗎？」戴芷輕聲地問，「邢老師告訴我，妳最近經常上復健中心。」

管湘皺皺眉……原來邢華和戴芷私底下有過聯繫。

雖然有些不安，她還是鎮定地答：「還好，慢慢會有起色的。」

「是呀，只要堅持復健，肯定能恢復得很好，」戴芷一面認同她，一面翻著桌上的公文夾，「我以前學舞的時候，也有同學傷了十字韌帶，花了不少時間復健……這種運動傷害，後續保養很重要，只要還能好好走路、不影響生活，就是不幸中的大幸了。」

聽上去都是必然之理，管湘卻覺得她話中有話，心底忐忑漸濃。

這時戴芷總算翻到了她要找的。她將那張紙抽出，遞給面前的人。

轉科申請書。

標題斗大幾個字像磚塊一樣，把管湘砸得一陣暈眩。她維持面上的平靜，冷靜問：「這是什麼？」

「邢老師打過電話給我，也把妳近期的檢查報告結果大致轉述了，我們一致認同妳的腿傷需要休養。」戴芷的語氣稍稍放柔，像是安撫，聽在管湘耳中卻比什麼都刺耳，「如果繼續跟著科裡的課表上課，妳的腿是得不到休息的，這不是一件好事，對吧？」

不知道為什麼她有一種被人背叛的感覺。

管湘深吸一口氣掩去慌張，試圖挽回局勢，「我……我會努力復健，科裡的專業課也會量力而為，不會讓腿傷惡化的。」

像是早料到她會這麼說，戴芷嘆了一口氣，將她不肯接過的申請書放置一旁桌上，「那接下來一整個學期，還有未來兩年的時間，妳打算怎麼辦呢？」

管湘眨眨眼，沒說話，只聽得戴芷繼續說：「術科佔我們課表一半以上，也是學期總成績的重要統計項目，未來到了高二、高三，專業課只會越來越重，妳知道吧？」

「……嗯。」

「再說，學校這麼培養妳們，最終都是希望能將妳們送進名門大學的舞蹈系……一來不愧對於父母為妳們繳的學費，二來好的名聲也對招生有益。身為全國前百分之一的尖子班生，屆時考大學，妳又打算怎麼辦呢？」

「什麼怎麼辦……」管湘沒聽懂，喃喃重複著，「不就是努力考上嗎？」

抬眼，只見戴芷憐憫地看著她。

「妳已經沒辦法跳舞了，妳不知道嗎？」

管湘眨了眨眼……她已經——

時間彷彿靜止，而戴芷說的話遠得像與她相隔一個足球場的距離，她聽不真切。

「妳的主治醫生幫妳和邢老師看了這麼些年，我們應該相信他的專業……他說妳即便恢復到最好的狀態，也不可能再成為一名專業舞者了，那些訓練妳的膝蓋吃不消，更別提還想進藝大的舞蹈系。」

管湘不發一語。

她看著戴芷身後的窗，窗外有棵不知名的樹，樹上開著不知名的小白花。一陣風吹來，枝椏擺盪搖曳著，然後……

花，落了。

「原本，邢老師想替妳辦休學，但是我告訴她，不能剝奪妳學習的權利。經過討論後，我們都認為儘早讓妳找到第二專長、輔導妳轉科，是現在最好的處理方式，所以……」話到此，戴芷再度將申請書遞給管湘，「期末前考慮好妳想去的地方，把表格交上來吧。」

見管湘沒什麼特別反應，她又繼續往下說：「從今天開始妳不必參與所有訓練課，我已經和科主任說好了，術科成績不需要擔心，但希望空下來的時間，妳能在一般科目考試多用心，畢竟這對妳未來轉科也會有幫助的……」

不知道為什麼，管湘漸漸聽不懂戴芷說的話了，到後來，甚至根本都聽不見，就好像哪裡傳來高頻率的嗡嗡聲，把她的大腦和外界隔開來。她甚至不記得自己是怎麼離開導師辦公室的，滿腦子只是不停迴盪著那句話。

「妳已經沒辦法跳舞了，妳不知道嗎？」

管湘順著樓梯往下走，一路上幾次因為右膝無力而差點跌下，可她沒有放慢速度，手裡抓著戴芷給的轉科申請書，腦子裡並沒有回去教室的想法。

原來，這世界上真的有些事情，是再怎麼努力都沒有用的，以前她不懂，如今終於明白了；而她斷掉的十字韌帶、無法再跳舞的腿，以及李朝明的診斷報告，也並非她不去看、不去聽就能夠當做不存在……世界還是得繼續運轉，即便她的命運已經大不相同。

跨出藝術大樓，管湘不知道自己能去哪，只是漫無目的地走在校園裡，迎面，兩個女生站在合作社門口交頭接耳，對話聲飄進了管湘耳中。

「別說上頂樓了，我剛爬到五樓去送東西的時候，就一直覺得毛毛的……」說這話的女生一邊搓著自己的手臂。

「到底為什麼美術大樓這麼可怕呀？一堆鬼故事……」

「那個位置風水本來就不好，聚陰，」兩個女生湊到一起、窸窸窣窣地，「而且去年有人在頂樓自殺妳不知道嗎？」

被告知的人嚇了一跳，「真的假的……死了嗎？」

「不知道，後續消息都被壓下來了沒證實，」在管湘持續前進的過程中，她倆談話的聲音漸漸變小，「不過吞了那麼多安眠藥，應該是死了吧……」

捏緊手上的紙，管湘突然就有了目的地。

順著斜坡爬了一小會，眼看那粉色建築就在眼前，管湘微喘著跨步，突然感覺臉上一陣冰涼……她停下腳，伸手去摸。

是水……她，哭了嗎？

抬起頭，細小而不易見的水滴從各方飄落……原來，不是她哭了，是天空在為她哭。

美術大樓的走廊和樓梯間滿是畫布和顏料的氣味，管湘一步步往上，腦海裡的想法漸漸空白，只是下意識地越爬越高，彷彿每往上踏一階，痛苦就能減少一些。

過去十幾年她兢兢業業地努力、拚命，可換來的成果卻一夜間煙消雲散，她感覺整個人都被掏空了，自己什麼都沒有。

前面再沒有路了，只有一道鏽了的鐵門。她伸手，用力推開。

一道光照亮了樓梯間，隨即映入眼簾的，是整片鐵灰色的水泥矮牆，她只要費點力氣就可以爬上去的那種。

正在上課中的校園非常安靜，只有小雨帶來微微的聲響。

管湘跨出鐵門，往矮牆前面一站。

她覺得自己實在是不忍心、也沒必要再為這個校園增加一個鬧鬼的景點了，那麼——伸出手，她用力撐起身體。

就這裡吧。

第二章 遇見了

「國小單人現代芭蕾舞甲組選手,請聽到廣播後立刻至檢錄處報到。」

擴音器就在管湘身後不遠處,廣播音量大得令她皺眉。她放下手裡的瓶裝水,拿開大腿上蓋著的毛巾起身,邢華正好在此時走到她身邊,牽住她的手道:「該妳去報到了,走吧。」

管湘跟在邢華身後,穿過重重人群來到檢錄處。

「全國學生舞蹈大賽」的紅布條就掛在門口,場內休息區此時擠得水洩不通,椅子上除了人以外就是各式各樣的服裝道具,拐杖、帽子的什麼都有。周圍人聲嘈雜,管湘必須全神貫注、搭配看著檢錄人員的嘴型,才能聽清對方向她交代的事情。

她提筆在報到單上簽名,然後把手伸進檢錄人員遞來的小桶子,隨便抓了顆乒乓球。

「九號,」回收數字球的人對一旁負責登記的人說,並告訴管湘:「預計上台時間是下午三點十分,請提前十分鐘到後台準備。」

管湘點點頭,又跟著邢華擠過人群離開。

比賽兩點開始,邢華十二點半就帶著管湘到會場,為的是讓她熟悉環境、降低緊張感。比較有經驗的爸媽多半會這樣做,不過對管湘來說,這只是例行公事,因為她自小就和別的孩子不太一樣。

「妳看妳，一點小學生的樣子都沒有，」邢華捏捏管湘的小臉，半開玩笑道：「別的小孩緊張得都出亂子了，就妳一臉冷靜。」

年紀尚小的管湘聽不懂話中的意思，眨著雙澄淨的眼睛，「什麼？」

「妳看那邊，」邢華指著左方某區，一個小女孩穿著傳統民俗舞蹈服，正哭得起勁，她的爸爸抱起她放在大腿上，一句一個乖地哄著，「現場人多，她大概是害怕了。」

管湘直直地盯著看，沒說話。

轉向另一區，一個媽媽正著急地向其他人打聽孩子下落，邢華便道：「也有這種，比賽快開始了還讓大人找不到的。」

管湘沒什麼表情，想著會場佔地大，於是道：「他可能是迷路了。」

「那妳怎麼就不會迷路呢？」邢華輕輕撫著管湘的頭髮，試圖不撥亂她早已綁好的比賽用小包頭，一張小臉邊緣沒留半點碎髮，看上去乾淨順眼。

管湘想了想，據實以答：「因為……我沒有離開過座位啊。」

「那就對嘍，因為我們管湘很懂事。」邢華驕傲地點點頭，又道：「不過像這樣鬧脾氣緊張大哭或者迷路，都不是最可怕的事。」

管湘問：「那什麼才是？」

「最可怕的，是失常。」

「失常是什麼意思？」

「失常就是因為緊張，發揮不如預期，」邢華伸手理理管湘裙子上的皺褶，「這類情況很常見，有的人會忘記動作、搶拍，有的人練習的時候都沒問題，一上台就出錯，還有的人比賽前會突然身體不舒服，感冒或肚子痛的。」

聽著她的話，腹中突然有什麼東西往下沉的感覺，管湘皺眉。

「湘湘，怎麼了？」邢華擔心地看著她。

「阿姨，」管湘用一隻小手抱住自己的腹部，「我肚子痛。」

「……啊？」

一直到後來的某一天，管湘才從國語課本裡學到「一語成讖」這個成語，而當下，她只是被邢華拽著去了洗手間。十幾分鐘後，她虛弱地推開廁所門出來，小臉一片蒼白，嚇壞了門外的邢華。

「湘湘，感覺怎麼樣？跟阿姨說說。」她蹲下來，扶住看上去搖搖欲墜的小人兒。

「肚子……不舒服，」吃痛中的管湘努力把感受化為文字，「好像有一隻手捏著我……」

邢華一下子反應過來，「糟糕，可能是急性腸胃炎。」

這名詞聽在管湘耳中並沒有意義，她很快就因為一波新湧上來的痛感而縮緊身子。

「很痛是不是？」邢華的眉頭沒鬆開過，「阿姨帶妳去看醫生好不好？」

管湘想了想，問道：「看完來得及回來比賽嗎？」

已經兩點半了。邢華瞧著手錶，搖頭道：「可能來不及。」

「不去，」管湘撥開她的手，咬牙走到洗手台邊，用冷水洗了把臉，「比完了再去。」

「可是妳生病了，這樣上台是不行的。」

「可以，」管湘說，轉過身看向邢華，強撐著把身體打直，「我不痛了，妳看。」

她最終還是上了台。

那天跳的是一組悲傷的舞碼，她全程蒼白的臉被評審認為是入戲的表現，紛紛稱讚她小小年紀、大有可為。直到一曲結束，管湘做完最後一個花式鞠躬後，人就倒了下去。

意識漸漸消失之際，她只聽到邢華喊她的聲音。

「湘湘、湘湘……」

管湘睜開眼，瞬間又因為太刺眼而閉上。

翻過身將棉被半掩住頭，避開直射的陽光，再次緩緩睜眼……淺藍色的床、淺藍色的枕頭、淺藍色的棉被，還有淺藍色的隔簾。

管湘坐起來，瞪著眼前清一色的淺藍景象感到茫然。

啊，原來是學校的保健室。

她低頭看了看自己的手和身體，又活動了下關節，感覺沒有什麼異常，人應該是無恙。

管湘咬著下唇試圖回想事發經過，卻只能憶起個大概……好像她爬上了美術大樓頂樓、準備往下跳，最後卻昏了過去。因為這樣，怎麼來保健室的、誰送她來的，她一點記憶都沒有。

印象中，美術大樓是五層高……應該是足以致死的高度。

想到這，她膽寒地一抖。

也不知道自己當下是哪裡來的勇氣，想也不想就往上衝，還挑了個最沒人的大樓。要不是最終因為膽量不足而昏厥，她恐怕……

管湘鬆了一口氣，把棉被扯到一邊，慢吞吞地將枕頭豎起來支著背，沒急著下床。

整個保健室的病床區就只有她一個人，因為這樣，隔簾全都好好地收攏在一邊，相連的空間看起來格外寬敞。此時外頭雨已經停了，午後的陽光均勻地灑進來，把身邊的淺藍色照得又暖又亮。在她背後，一扇開著的窗不間斷地把外頭的微風送進來。

太安靜了，安靜得恍若隔世。

「妳醒啦？」保健室的女老師抓著病歷資料進來，從胸前的口袋抽出原子筆，「還有沒有哪裡覺得不舒——妳怎麼了？」

聽到問話，管湘抬起頭，見女老師驚愕地盯著自己，下意識伸手摸摸臉——溼的。

這次，她倒是真的哭了。

「很不舒服嗎？需不需要去醫院？」女老師著急地伸手撫上她的額頭。

「我沒事，」管湘低頭把眼淚胡亂抹了，有些難為情，「只是做惡夢了。」

女老師愣了下，也跟著冷靜下來，「喔，那就好。」

她把臉擦乾淨，抬起頭問：「我為什麼會在這裡？」

「這個說來複雜……有模特兒科的同學在美術大樓頂發現了妳，就把妳送過來，」女老師翻翻資料，挑起眉毛道：「不過查了妳的學號之後，發現妳不是美術科的——是舞蹈科的對吧？」

在保健室老師滿嘴「非本科生到底跑上去幹麼」的碎念中，管湘茫然地點了點頭。

「總之，我檢查過了，大致上看起來沒什麼問題，就是有點營養不良。」女老師將她的病歷資料收到一邊，推推鼻梁上的細框眼鏡，「妳們舞蹈科節食該適可而止啊，瘦歸瘦，都沒力氣跳舞了可怎麼好。不過看妳的右膝套著護具，感覺受過嚴重的傷，得好好休養，別再亂跑了。」

心底某一處感到刺痛，管湘垂眸不答。

老師打量著她人沒事，情緒卻有點低落，思量著是不是要轉去輔導室諮商一下，不過最後還是讓她直接離開了。

仍是上課時間，管湘沿著長坡一路往下、進了熱食部，順手挑了盒沙拉後，想起保健室老師的叮嚀，又夾了一顆茶葉蛋。結完帳，她挑了個角落的位子坐下，非用餐時間，附近只有零星幾個學生和其他科的老師。

管湘慢條斯理地剝著蛋殼，又把事情經過細細回想了遍，包含在導師辦公室裡的那段談話。

「邢老師告訴我……」

「邢老師打過電話給我……」

「邢老師原本想替妳辦休學……」

「邢老師和我討論之後……」

一想到這，管湘拿著叉子的右手忍不住使力，叉起了一片生菜，差點連盒子都戳穿過去。在傷心、害怕的情緒過後，她是有點生氣的，關於邢華背著她將診斷結果告訴戴芷，兩人還擅自替她決定轉科的事，甚至都沒問過她一句，她——

咬著生菜葉，管湘愣住了。

是了，邢華整個晚上都試圖就這件事和她好好聊聊，是她將人拒於門外。

那又能怪誰呢？

管湘低下頭，把沙拉和茶葉蛋囫圇吞進肚裡，連水都沒配一口。這時剛好打了下課鐘，她將桌面垃圾整理掉，慢慢走回藝術大樓。

推開教室後門，映入眼簾的是一片混亂，所有人桌上隨意扔著塑膠袋、布料和針線包，另外還有化妝箱與鞋盒。同學們身上穿的不是制服，而是花色各異的舞蹈服。管湘走回位子，從桌墊底下翻出課表小卡，上頭顯示接下來的兩堂課是公民。

公民課，為何要換衣服？

這時，戴芷出現在教室前門。

「還有兩分鐘就上課了，換好裝的人趕快到小劇場集合，」她一開口，教室裡便安靜下來，「今天我們至少要完整練習五次，所以不要拖拖拉拉的。」

看來，是借調了公民課去排練，這在舞蹈科也算是常態了。

身邊同學開始三三兩兩地往外移動，而管湘知道沒自己的事，便坐下來，無念無想地把抽屜裡的東西翻出來，打算整理一下。

這時一個人影來到她桌前，在桌上留下一片陰影。

「沒想到按妳尺寸訂做的衣服，我穿起來會這麼合身。」蕭郁忻妝髮完整地站在她眼前，口氣算不上友善，「也真謝謝妳的加工……妳看看，漂亮嗎？」

她身上穿的正是管湘還給戴芷的洋裝。

在這次舞展中，蕭郁忻代替了管湘的位置，穿上這件衣服也是必然之理，只是她一向覬覦作為主舞，和管湘的關係從來不睦，如今心願得償後態度變得十分囂張，惹得管湘不快。她瞪著那串珍珠製的流蘇，在蕭郁忻胸口不停晃蕩，發出細碎的撞擊聲和圓潤的光芒，眼底突然閃過了點什麼。

「是很漂亮，」管湘看著她，面不改色道：「我是說……衣服。」

蕭郁忻嘲諷地一笑，「是呀，可惜妳穿不了。」

管湘的目光從她胸前一路打量到脖子，停了三秒後又看向臉，然後，勾起嘴角。

「妳很快就會知道，不屬於妳的東西，終究不那麼適合妳。」

「是嗎？我倒想看看，是不適合我還是不適合妳。」蕭郁忻只當管湘是逞一時口舌之快，壓根不放在心上，拉了幾個跟班就出去了。

待教室裡的人走得差不多，戴芷才來到管湘座位旁，見她沒什麼情緒的安然樣，也偷偷在心裡鬆了一口氣，就當她是接受了自己給的安排。

「管湘,妳可以留在教室、或者去圖書館溫書,不要離開學校就行。」戴芷壓低了聲音對她說:「就像我們中午談到的,從現在開始,妳多費點心思在一般科目上,知道嗎?」

這情緒和中午在導辦時的談話無縫接軌,戴芷並不知道,短短的兩個小時間,面前的女學生差點從頂樓跳下去。

管湘木著一張臉、點了點頭。

教室最後安靜下來。

抽屜已經整理好,所有用不上的廢紙、考卷都扔了,還有與術科相關的資料,她也全放進了資源回收桶裡。少了那些,抽屜看起來特別空,而管湘的心就像抽屜一樣,感覺人生裡的某部分好像也被一起整理掉了。

如此這般,還不如休學……管湘突然想,轉科何其難啊,尤其對她這個除了跳舞什麼都不知道的人來說。

……對了,她的轉科申請書呢?

方才整理了半天也沒看到,此時伸手去掏制服裙的口袋,竟也是空的……難道是被她扔在了美術大樓不成?

幾分鐘後,管湘站在美術大樓前微微喘著氣。

一路上來的坡既長又陡,雨停後出了太陽卻沒什麼樹蔭能遮擋,就算是緩步上來也會感覺吃力,真不知道稍早的自己是中了什麼邪,偏上來這裡不可。

……一定是半路上聽了那兩個女生耳語的緣故。

上課時間，走廊上特別安靜，只是依舊瀰漫一股畫布和顏料的氣味，此時還混入了雨後特有的泥土霉味。管湘沿著階梯一步步往上，不知不覺就爬到了頂層，只見方才阻了去路的鐵門此時敞開，一眼就能望見外面的天空。

四方的門框後，看見的是和早前烏雲密布時完全不同的景致。

天，放晴了。

管湘努力把記憶刷新了一遍……似乎，就在她昏過去以前，有誰出現、拉了她一把，突來的拉力讓她從當時的情緒裡斷了線，從而昏過去。

所以，救了她的並不是自己的膽小，而是……那個人？

她跨過門檻，首先見到的是半人高的矮牆，想起自己幾個小時前竟爬上去過，不禁一陣顫抖。管湘甚至不敢再往前站一步，看看從五樓向下望究竟是多高。

她輕輕吁了口氣，接著轉身，眼睛微微睜大。

那兒有個亭子，是花棚改良而成的，鐵架上纏繞著滿滿的乾燥花，顏色繽紛眩目，很有春日百花齊放的魔幻感。而就在繁花環繞的景象中，有個人躺在那。

是個睡……美男？

那人穿著制服，一隻手掌心朝上遮著臉、另一隻手隨意地放在肚子上，正仰天躺在木椅上睡大覺。管湘瞇眼細看那張木製長椅，應該是標準長度，可那人睡在上面居然還能把腳掉出那麼大一截，再看看他一頭醒目的薄藤髮色……這，應該是模特兒科的學生吧？

想起女老師的碎念……莫不就是這人帶她去保健室的？

亭子建在木製棧道上，距離她有些遠。管湘試圖走近，沒想到棧道老舊，一腳踩上去立刻發出吱吱嘎嘎的怪聲，驚動了睡覺的人。他把擋著臉的手拿下，睡眼惺忪地看她，卻在看清她的臉後，整個人定格了。

瞧他一動也不動的模樣，管湘心裡奇怪著，又見他滿臉驚愕，像是看到了鬼……早耳聞美術大樓頂鬧鬼鬧得嚴重，這傢伙……該不會是把她當成鬼了吧？

不想繼續這僵持的氛圍，管湘只得先開口：「嗨。」

一句招呼過後，那人彷彿解除了封印。他坐起來，臉上堆滿遲疑。

「妳……在跟我說話嗎？」

管湘錯愕，「不然這裡還有別人嗎？」

於是那人的表情，慢慢從驚訝轉變成了高興……也不知道他在高興什麼。

「妳……又要跳樓了？」他突然笑起來，這麼問。

果然，眼前這人就是目睹她跳樓大業失敗的唯一知情者。

不——不對，他根本就是促成失敗的那個關鍵。

管湘的臉莫名其妙紅了。

「並沒有，」她下意識反駁後愣了幾秒，才想起自己的來意，「我是來找我的……資料的。」

「資料？什麼資料？」

「就一張紙，A4大小。」

「喔，」他明白過來，指著亭子的另一角，「妳說的是那個吧？」角落裡躺著一張紙，管湘拾起一看，果然是早被她捏皺的申請書，如今還多了幾道髒汙。她沒怎麼介意，用手胡亂拍了幾下，接著在那人對面的木頭長椅上坐下。

站上矮牆的那幾秒鐘，她到底在想什麼？眼前這個人又是什麼時候、從哪裡冒出來拉她一把的？為什麼腦海裡一點印象都沒有……該不會是創傷壓力症候群吧？

這事邢華就發生過。幾年前在快速道路上被後車追撞的事故後，她毫髮無傷，卻完全不記得有過車禍。當時李朝明就是這麼診斷的，後來幾日邢華慢慢恢復記憶，她告訴管湘，自己大約是太害怕在車禍中受傷、斷送了舞蹈生涯才會如此。

那麼管湘就想問了，為什麼自己從舞台上摔下來之後就沒有失憶呢？

她沒想過要去問李朝明，後來自己也想明白了……摔下來那時膝蓋實在是太痛了，記憶像刺進骨髓一樣深刻，她想忘也忘不了。

「我還以為，那是妳的遺書呢。」對面的人突然說。

管湘抬頭，那人已經坐正了和她面對面，一隻腳曲在椅子上撐著扶住下巴的手，另一隻腳則隨意踏著地，坐姿不羈地讓她瞬間感受到自己的拘謹。

此時夕陽西斜，橘粉相間的光淡淡灑在他臉上，給稜角蒙上一層陰影，不過仍能清楚看出剛硬的臉蛋輪廓。他的五官生得俊俏，一雙挺拔的劍眉，為了配合頭髮也刷染成薄藤色，兩眼中充滿玩味的情緒，而鼻梁從眉間一路保持同樣的高度，直挺挺地與鼻尖相連。最漂亮的是一雙薄脣，管湘從未見過男生的脣峰和脣珠生得像他那樣好看。

這長相若不是待在全國第一的漢平藝高模特兒科，去哪怕都是屈才了。

她看著他的臉出神許久，他卻像是習慣了似的，嘴角掛著笑，擺出一副任君欣賞的表情。片刻，管湘察覺自己的失態便移開目光，輕輕咳了兩聲定神，然後再次抬眼看他。

這一次，她可老神在在了。

「所以，是你救了我嗎？」她問。

焦點不放在臉上後，管湘終於記得往他左胸口的繡字瞥一眼。

言子陽，高二模特兒班的學長。

「唔，可以這麼說吧。」他輕揚著下巴，雙手往胸前一扠。

管湘垂下眼，若有所思地點了點頭，不發一語。

言子陽對這個反應感到不解，「奇怪，妳不感謝我嗎？」

管湘眨眨眼，「感謝你什麼？」

「感謝我救了妳啊。」

空氣有一瞬間的凝滯。

「這麼說好了，」幾秒後，管湘用就事論事的口吻道：「如果你卯足了勁去做一件事，卻突然被人阻止了，你會感謝那個人嗎？」

言子陽看著她，一時語塞。

「並且，如果錯過這次機會，你也許再也沒有勇氣去做這件事；還有，這件事失敗傳出去後，可能會害你被全世界恥笑，」管湘的語速雖慢卻連貫，十分冷靜地陳述，「如此，你還會感謝那個人嗎？」

「等等，我都搞糊塗了，」言子陽抬手阻止她的詰問，「我們現在討論的，是妳試圖跳樓自殺這件事嗎？」

管湘面無表情地看他。

言子陽感到荒謬地笑了，「妳這個人也真奇葩，重點畫錯了吧——妳該在意的，難道不是我把妳從會摔成一坨爛泥的結局中拯救出來嗎？」

……嗯，一坨爛泥嗎？

管湘垂下眼，言子陽瞧見她密如扇的眼睫毛，在夕陽下反了些粉色的光，然後聽見她淡淡地說：「死後是摔成爛泥還是別的什麼，有差嗎？況且，如果生而為人是一件太過費勁的事，也許當一坨爛泥會比較痛快吧。」

或許是她的發言太過絕望，言子陽愣住了。

「我不覺得。」

良久，管湘聽見他用異常低沉的聲音說。

她抬眼，見他變了個人似地，方才戲謔的表情消失無蹤，取而代之的是複雜的神情。

複雜中好像還摻了點憤怒。

然而那點點複雜和憤怒轉瞬即逝，沒幾秒，他神色如常地淺笑起來。

「無論如何，反正妳被我救了，這是天意。」他說，「既然是天意，就接受吧。」

「什麼天意……」管湘不領情地眨眼，「我是無神論者。」

這話把言子陽逗笑了。

他抹抹臉，無可奈何地站起來，把雙手戳進了褲子口袋裡，「不談這個了，這裡太無聊，我要去看電影，妳去嗎？」

如今之計，先把她帶離這個危險的地方，免得一不注意她又想不開爬牆。女人嘛，爬牆總是不太好的，姑且不論爬的是哪一種，再說，這情況要是重演，他可沒有把握還能再救下她一次。

邀請來得突然，管湘愣愣看著言子陽，「……我為什麼要去？」

「也是，像妳這樣頭髮不染不燙、又不化妝的乖乖牌，是不可能翹課的，對吧？」他邁步往出口走去，無奈地揮了揮手，「算啦，當我沒問。」

管湘望著他的背影。

一頭惹眼的髮色、紮了一半隨意垂在外面的制服下襬、長又筆直而硬是多出褲管一截的腿，還有那雙塗鴉高筒帆布鞋，一藍一紅的顏色穿在他腳上居然都不顯違和。

對比她輕淡地像幅素描，言子陽就是用色大膽的水彩畫，他們根本是不同世界的人。

可是，管湘卻笑了起來。

那不是剛好嗎？她在自己的世界待得正煩膩呢。

「言子陽。」管湘突然開口。

被喊到名字的人腳下一頓，回過頭，只見她已經站起。

「我之所以不染燙頭髮、又不化妝，並不是因為我是乖乖牌，」管湘說著走近，並抬眸直視他──雖然以兩人的身高差來說，這麼做有點辛苦，「而是因為，我是個敬業的舞者。」

邢華說過，肢體是一名舞者的全部，任何搶過舞蹈風頭的事物，都不該出現在身上，即便穿上了舞台服、畫上了舞台妝，最終也不過是種點綴；而一名專業的舞者，就該具備不靠外在皮相、也能用肢體把故事說好的本領。

言子陽來不及思考她的話，只見管湘已經越過他、跨過鐵門往樓下走，並扔下一句：「走啊，不是要看電影？」

唔，這個學妹有點意思。

言子陽忙跟上去，脣末的角度越發上揚，「喂，妳倒是等我一下啊。」

幾十分鐘後，兩人在一座銀色大樓前停步。管湘抬起頭看，眼前的建築不像電影院，倒像是私人企業。她看著言子陽，「這是哪？」

言子陽清了清喉嚨，意義不明地挑起了單邊眉毛，「時代娛樂，聽過嗎？」

管湘點點頭。只怕全國藝高生、尤其是想進娛樂圈的，對這個名字都不會陌生。娛樂界三大龍頭之首，主打實力說話、創作致富，旗下無論歌手、舞者、演員、模特兒，只要在圈內叫得出名字的，都是一線的程度。

但……這小小的一棟樓就是時代娛樂？

「呃，看起來有點寒酸啊，」兩人站在玻璃門前，管湘四下打量，「連個招牌什麼的都沒有嗎？」

「傻子，這裡不是本部。」言子陽雙手戳在口袋裡，對管湘揚了揚下巴，示意她按門禁密碼，「四一六三。」

管湘依言按開了門，邊問：「不是本部是哪？」

「訓練模特兒用的分部。」

訓練模特兒用的……管湘瞬間明白過來。

「你簽約了？」她跟在言子陽身後進了門，「才高二就簽了？」

言子陽對她的反應感到滿意，回頭眨了眨眼，「簽一年了。」

管湘訝然。即便漢平藝高的模特兒科是全國第一，但能高一就簽給大公司的也是不常見，言子陽恐怕是尖子中的尖子了。

「不過，不是要看電影嗎？」跟在這位現役模特兒的大長腿後面走，管湘腳程快得只差沒有飛起來，「為什麼來這裡？」

兩人停在電梯前，言子陽又使喚管湘按了向上的鈕，「如果公司裡有高級影廳可以免費包場，為什麼要花錢去電影院？」

滿滿的優越感、明晃晃的炫耀，管湘一臉無語。

電梯門開，言子陽首先踏進去，對她挑眉，「走吧，帶妳參觀一下。」

管湘不情願地跟著踱進去，「又不是本部，有什麼好參觀的？」

「聊勝於無，反正妳也進不了本部。」言子陽說著眨了眨眼，「八樓。」

下意識按了按鈕後，管湘才察覺不對勁。

「奇怪了，」她一臉興師問罪地看他，「為什麼從剛才開始你就一直使喚我啊？」

又是按密碼鎖、又是按電梯的。

言子陽努努嘴，避開她的目光，只說了一個字：「髒。」

……王子病，管湘在嘴邊喃喃。

他帶著她，兩人從頂層開始往下逛。

八樓是個露天庭院，有遮雨棚、沙發、泳池、吧台等，只等有活動的時候才會開放；七樓則是演藝經紀部的辦公區，現正是上班時間不容打擾，所以言子陽只帶著管湘在外圍繞了一圈，並瞧一眼旗下模特兒的照片牆。

他還只是個新人，照片被放在右下角，上頭寫的官方身高把管湘看得一陣暈……一九二公分，難怪頂樓的長椅裝不下他整個人。

「六樓的話，是模特兒訓練中心，」言子陽率先走出樓梯間，踏入漆黑一片的走廊，「平時肢體開發、台步訓練都在這。」

管湘已經習慣了這人的王子病，自己找到牆上閃著微弱光源的電燈開關，燈亮後，她看著長得和以前慣去的舞蹈教室差不多的台步教室，疑惑道：「為什麼都沒人啊？」

「兩週後有時裝秀，這時候人都去現場彩排了。」言子陽熟門熟路地在台步教室裡來回踱步，手還是放在口袋裡，「時裝週妳知道吧？基本上只用最頂尖的模特兒。」

管湘隨口便問：「那你怎麼沒去？不夠頂尖嗎？」

回頭，她才發現好像問錯話了……這人的自尊心那麼高。

言子陽啞口無言了一陣，最後才道：「……我是因為未成年。」

「……喔。」

「我是說真的啦。」

「嗯，我相信啊。」

「少來，妳一臉不信。」

「……」

管湘勾勾嘴角，覺得言子陽被拆台時臉上犯囧的表情還挺可愛的。

走過設置為餐廳和交誼廳的五樓，兩人來到四樓這個和服裝相關的樓層，舉凡試衣間、攝影棚、服裝倉庫都集中於此。他帶她走進其中一個白棚，棚裡散放著一些布景，角落則有兩列掛滿衣服的龍門架。

依舊沒有丁點人氣。

「怎麼又沒半個人？」這地方空曠，管湘都能聽見自己說話的回音了，「你們這個分部訓練的是幽靈模特兒嗎？」

言子陽被這比喻搞得有些無言，只得帶她走近一旁的人台細看，「時代旗下有自營的時裝品牌，不過工作室不在這，只有拍攝型錄時會來借用攝影棚和模特兒。過幾天有棚拍，那時候來的話，現場人就多了——喏，這些是這一季的主打款式。」

管湘認真打量人台上的衣服，那是件長得幾乎拖地的駝色大衣，看肩線和剪裁像是男裝，布料不厚，作為春裝剛好。

言子陽跟著望向那件大衣良久，忍不住攢眉評論道：「這哪裡像時裝啊，硬邦邦的，穿上去就像個嚴肅老學究。」

管湘卻有不同看法。她沉吟了會兒，便從龍門架上拉出一件米色絲光棉深領上衣，那領口還車了栗色的針織包邊，與大衣是同個色系的。

她將衣服比劃至人台上，又抽了件栗色的薄絨窄褲，「過硬的話，可以搭一些柔軟的材質來中和……其實這麼看，很有法國質男的感覺，還挺適合你的。」

且他的髮色顯眼又跳脫，定能將這身衣服襯托得更狂放不羈。

「適合我？不是吧……」言子陽挑眉研究了半天，還是不甚滿意，「這看上去很像老大叔在穿的，可是我還年輕啊。」

管湘抿抿脣，立刻找到了問題，「……還差一點。」

她抬腳把人台下方的那雙皮靴輕輕挪開，然後將一邊的米色高筒帆布鞋換過來。

「喏，可以了。」

確實，所有配件都到位後，呈現出來的風格已經和開始的不同。

言子陽搓著下巴，像是在審視什麼作品。

「很可以啊，學妹，」許久，他終於笑開來，配著浮誇的鼓掌道：「聽說服設科今年要拍藝高版的《穿著Prada的惡魔》招生，記得去試鏡，妳看上去很有設計師的樣子……」

「……我既不是服設科，又不是戲劇科，試什麼鏡。」

「對喔，我都忘了妳是『擁有敬業精神的舞者』……」言子陽模仿管湘說話的樣子，結果差點挨揍，整個人彈得老遠，「那妳怎麼會懂時裝？」

這問題倒把管湘問愣了。

「我不懂時裝，」她開始把隨手拿來的東西歸位，「就是以前比賽或成果展時，常常自己做衣服穿，為了蒐集靈感，得翻雜誌做功課……可能是因為這樣吧。」

言子陽點點頭表示理解，轉身邁開步伐，「走吧，下樓。」

在大樓裡四處晃了半天，他們終於來到位在三樓的影廳，一扇紅絲絨製的雙開隔音門敞著一邊，放眼看去確實高大上。

「喏，這裡面就是影廳，」言子陽伸手比劃著向她說明：「左邊有飲料吧台，然後那是選片機，可以選想看的電影，我個人『強烈』推薦排行榜上第五名的那部，千載難逢的好片，妳一定不會失望。」

他這語氣，管湘聽的都想笑了。

知道他是嫌髒不想碰選片機，又從他的話裡聽出他的渴望，於是管湘替他選了排行榜上第五名的片，又自己去飲料吧台裝了杯柳橙汁，用托盤盛著，隨他進影廳。

「把門關上。」走在前面的他不忘回頭使喚。

管湘拿著飲料，無語地用腳將門踢上。

這地方說是影廳，倒更像私人俱樂部的觀影室。四散著隨興擺放的沙發椅，算了算總共只能坐十來人，每個位子都附有毛毯、抱枕和置腳墊，一旁還有放飲料的專屬邊桌。此時他們是唯一的客人，言子陽索性選了正中間的位子，是個雙人沙發。

待兩人坐定，他放鬆地癱進沙發深處，一雙大長腿擺上了腳墊，轉頭問她：「如何，這裡比電影院舒服吧？」

瞧他期待的神情，管湘突然意識到，言子陽似乎是個做什麼都需要掌聲的人，所以從剛才到現在，他一直有意無意地向她討要稱讚。這行為看在管湘眼中，直接得可愛，像是咬回樹枝期待主人摸頭的大狗狗一樣。

……雖然把人比喻為狗好像不太好。

很快地，電影開始了。

最初的場景是個被稱為住宅區、看上去卻像廢墟的地方，所有人住的房子大約就是一個拖車那麼大，且亂七八糟地疊在一起，相當克難。包含主角在內的所有人，都沉迷於一個叫做《綠洲》的全息遊戲，號稱除了生理需求以外的事情，都能在遊戲裡完成。

嗯……遊戲、冒險，果然是年輕男孩子的電影取向。

言子陽看得投入，右手肘撐著沙發扶手，掌心撫著臉頰擋住了嘴巴，眨眼頻率極低，電影開始後他這個姿勢就沒變過。相反地，管湘就看得不太專心。她腦袋裡有許多念頭，比如她怎麼會答應言子陽翻牆翹課、自己上一次看電影是什麼時候、還有轉科申請單到底該怎麼處理……

劇情進展十分鐘後，大螢幕上終於秀出了片名。

「我一直在等這部片下檔，終於等到了。」言子陽突然說，而在如此昏暗的影廳裡，管湘竟能從他眼中看出一股狂熱，想必他是真的很想看這部電影，「公司影廳唯一的壞處就是看不了院線片。」

管湘偏頭想了想，只道：「那你為什麼不去電影院看？」

總不可能捨不得那幾百塊吧？

言子陽不知為何又被她的話梗住，良久才答：「一個人去電影院很無聊。」

她皺眉，「……難道你沒有朋友嗎？」

「噓，專心看。」也不知是逃避回答問題，還是劇情真到了重要環節，言子陽用漂亮的左手食指抵在脣上，接著獨自陷入了電影的魅力中。

呿，自己愛發表感言，又嫌她不專心。

管湘仍舊沒有被畫面上的打鬥劇情吸引，她發了片刻的呆，接著再次撇頭、悄悄打量起言子陽來。此時影廳的燈光不足，他坐在那兒看起來像一尊石像的剪影，額頭、鼻梁到下頷的輪廓完美而深刻，就連用來撐著臉的手腕也是骨節分明，線條美得讓她移不開眼光。

一邊傻盯著偷看，管湘一邊伸手去拿桌上的橙汁，沒想到湊到嘴邊時沒拿穩、滑了手，裝了小半杯的量就這麼灑在沙發上，似乎還波及了言子陽。

場面瞬間混亂。

「抱、抱歉。」見他被驚動，管湘反射性抽了一把衛生紙就要替他擦，沒想到言子陽突然把手往後收得老遠，一副避之唯恐不及的樣子，讓管湘撲了空。

她愣了幾秒鐘，「你……幹麼？」

言子陽回視她的表情有些慌，「我……不喜歡別人碰我。」

啊……原來不只是潔癖，不喜歡觸碰東西以外，還不喜歡碰人或者被碰。

管湘想了想，反應過來便縮回了手，甚至還往旁挪了幾吋，「抱歉。」

她知道，這可能是心理因素導致的精神潔癖。從小常在李朝明身邊打轉，以至於她對於人與人之間各種無以名狀的差異接受得極快。

「不，我才抱歉，」言子陽的手在制服上隨便抹了抹，表情還有些慌亂地看她，「我應該早點告訴妳。」

因為這小小的插曲，管湘後來就再沒有碰過那杯橙汁了，同時也因為對言子陽感到愧疚，她認真看起電影來，此時男主角正開著車進入會場、準備再次參加比賽。

那是場誰能到達終點就算贏了的競速賽，但途中難關重重，不僅有各式陷阱阻撓，還會出現暴龍、金剛等殘暴生物，增加到達終點的難度。

頭一回參賽時，男主角沒能成功走到最後，為此，他再次查看已故遊戲創辦者置於遊戲中的人生回憶錄，偶然發現一段線索。當時，創辦者的合夥人正勸他給遊戲增加更多規則，以迎合市場趨勢及越來越多的玩家，並告訴他：「不管你喜不喜歡，我們都必須向前走。」

可是創辦者顯然更喜歡遊戲保留它最初的樣貌。

那個留著爆炸頭、戴著粗框眼鏡的人天馬行空地說了一段話：「為什麼我們就不能向後退呢？哪怕一次也好？油門踩到底、速度飛快地向後飛馳？」

男主角在這一番話中得到了靈感。

第二次競賽開始後，所有人踏緊油門、不要命地向前飛奔，可男主角卻拉動排檔桿、一路向後倒車，沒想到竟毫無阻礙地抵達了終點。

這段劇情管湘看得迷迷糊糊，似乎心有所感，卻又說不上來是何種感覺。

她只是把自己縮在毛毯裡，茫然地望著螢幕。

「所以說，肯定不會只有一條路的，」此時言子陽突然感嘆地開口，「這故事告訴我們，無論情況如何險惡，一定都還有路能走……既然如此，妳又為何非得選擇向下的死路呢？」

管湘愣了愣……她知道他說的是哪一件事。

她突然覺得有什麼東西抓緊了她的心臟，一點點揪著往下沉。

「你是個模特兒，對吧？」管湘理了理思緒，緊盯著螢幕上正在策畫計謀的反派，面不改色地說：「試著想像，如果有一天，對模特兒來說最重要的雙腿突然不能走了，你會怎麼辦？尤其是在過去十幾年裡，除了作為一名模特兒，你什麼都不知道、也什麼都沒做過。假設在你的世界裡，T台就是你唯一能去的地方、走台步就是你唯一能做的事。」

她停下來換了口氣，又道：「所有人都期待你這朵含苞待放的花，假以時日能成長茁壯、開出最美的成果——可有一天，這朵花突然就枯萎了……你說該怎麼辦？」

管湘說話的時候，言子陽只是專心盯著她的側臉。

她很平靜，聲音沒有半點哽咽的跡象，眼眶也不溼潤，甚至連手指都安靜地放在毛毯上，不曾動過一下。但不知為何，他卻能感受到她話裡的情緒，就好像她的語氣越淡、反彈上來的痛苦越重一樣。

這感覺讓他難受。

言子陽一句話也沒說，而管湘似乎也不期待他能說什麼。她只是收回目光、轉而看向他，嘴角還掛著一抹不濃不淡的笑。

「我也很希望有別的路能走，看是要往左、往右、往上，都可以，」她說，以為早就麻木的心還是狠狠地抽痛了下，「可是這個世界讓我看到的都是絕路。」

第三章　跨出了

週三上午第三節課上課鐘響後，管湘從洗手間回到教室，發現裡頭半個人也不剩。她絲毫不感訝異，回到位子上把東西簡單收拾了，包包往肩上一甩、熄掉教室的燈便離去。

轉眼就快學期中了，距離舞蹈科的年度舞展也沒剩多少時間，於是借調一般科目課程進行排練的頻率越來越高，而在如此高壓的忙碌狀態下，管湘受到的注目也越來越少，無論是來自班導的、還是那些嘗試看笑話的人的，她因此耳根清靜了一陣子。

嗯，撇開上次蕭郁忻為了服裝和她大鬧一場的事不說的話。

那日彩排完回到教室，只見蕭郁忻的臉頰上有幾道紅痕，甚至下巴還浮了塊瘀青。一進門，她就怒氣沖沖地來到管湘的位子前，當時，她正在寫歷史科的考古試卷。

「妳！妳看！」蕭郁忻幾乎是尖叫出聲，顫抖地用手指著自己的臉。

管湘抬起頭，打量了幾秒後，嗤了一聲笑出來。

「妳還敢笑！」蕭郁忻的手砰的一聲拍在管湘的桌子上，把她的試卷捏得皺起，「妳做的衣服把我的臉傷成這樣，是故意的吧？妳說，妳要怎麼負責？」

管湘也不管那試卷，只是把手上的筆套上筆蓋、收了起來。

「負責？」她皮笑肉不笑，語氣極淡，「那本來是我做給自己穿的衣服，妳拿去穿之前，就應該知道可能會不太適合，況且……妳第一次穿上它的時候，我就提醒過妳了。」

蕭郁忻把管湘的筆袋用力掃到地上，一雙眼睛瞪得老大，「我聽不懂妳在說什麼，給我解釋清楚。」

管湘又笑了一聲。

「洋裝胸口的珍珠流蘇，是按我脖子的長度做的，我穿著跳，流蘇頂多掃過下巴，」她漫不經心地說，眼神從蕭郁忻的領口瞥過，「可是妳脖子短，跳舞的時候流蘇如果飛起來，自然就是打在臉上了。」

這話狠狠戳中了蕭郁忻的痛處。

從前，她舞技雖不如管湘，卻也不至於落後太多，偏就是天生脖子短，跳起舞來那線條就不比管湘好看，這話戴芷說過、羅青也說過，甚至班上同學看了兩人的表現，也會有同樣的評價。關於主舞的位置，要不是管湘受傷了，她根本不可能爭取到，蕭郁忻心知肚明。

也因此這一刻她氣紅了眼，整個人撲向管湘，「妳這個賤人，我要殺了妳！」

周圍幾個女生見狀趕忙上來拉住蕭郁忻，可管湘還是被她掐住脖子、壓在教室的地板上，後來是戴芷出現了才把兩人分開。管湘的脖子因此被掐出幾道傷痕，當是扯平了，至於蕭郁忻，班導讓她自己把衣服拿去修改了就算完，也不許她再為此事吵鬧。

想到這，管湘忍不住勾起嘴角，可是笑著笑著，又淡了。

其實，她從沒存過害人的心思。

早在受傷前，洋裝的加工就已經做了九成，不過是補縫最後幾條流蘇的時候，沒想到蕭郁忻穿上會有這個問題罷了。當時，她也只是想留個好印象給戴芷，才堅持縫完了衣服，要是早知道戴芷會和邢華商量著讓她轉科，她肯定把流蘇全剪了洩憤。

而如今，她居然淪落到了要依靠這種小惡作劇來交換成就感的地步。

她嘆口氣，穿過合作社旁的小窄巷來到學校側門的圍牆邊。

漢平藝高有部分校地是建在坡上，因此校內的平地與圍牆就有不同的高低差，而合作社後方的小空地是整個校園中與圍牆高低差最小之處，簡言之，翻牆容易、翹課方便。那一日，言子陽就是帶著她從這裡翻出圍牆、翹課去看電影的，如今她雖然只有一個人，倒也駕輕就熟，先把書包往外扔，接著踩上一旁廢棄的跳高箱，輕巧地翻了出去。

落地的時候，她蹲得有些不穩，全靠手扶牆側才沒整個人歪倒下去。她揉揉膝蓋，不著痕跡地攢眉，接著撈起書包、避開校外的監視器快步走了。

非通勤時間的地鐵站很空，管湘先進洗手間換下制服、給自己上了淡妝，接著再搭半小時的車前往目的地。

她要去的地方可以說是本市的時尚重鎮，不僅聚集了幾乎所有精品的旗艦店，還有個以時尚和時裝設計為名的主題公園。除了四處可見的藝術造景外，最廣為人知的便是園內重金打造的展演廳，加之此地段交通便利、周圍消費水平高，久而久之受到不少品牌青睞，甚至連言子陽口中炫耀過無數次的時裝週，也是選在這裡舉辦。

管湘下車後，從最近的出口出來，一路沿著印有「Brittany K」的展旗找到二樓的報到區，簽下名字後領到了工作證，證上除了服裝秀名稱「undefined」以外什麼都沒寫。沒多久，來了個負責帶她的大姊，打量她幾眼後便領著她往場內走。

「妳看著很眼生啊，新來的？」大姊問。

管湘嗯了一聲。

「叫我安姊就好。妳是服裝設計科的吧？」她橫過身子閃避現場工作人員推著的龍門架，又問：「出來前簽過公假單沒有？」

「喔，我不是服裝設計科的。」管湘回答，至於自己是翹課出來的事，就沒打算說了。

安姊腳下一頓，轉首看她，「不是服設的？那妳怎麼會來？」

管湘愣了愣，「呃……朋友說這裡缺人，讓我上網填表應徵的。」

安姊繼續邁開腳步帶著她，只是嘴上疑惑道：「誰那麼天兵，找一個非本科的人來。」

那日一起看過電影後，管湘去了好幾次美術大樓，外人都快以為她是美術科的學生了，巧的是，她每一次上去，言子陽都會在那兒，好像他是住在頂樓加蓋的居民。管湘偶爾帶著課本、偶爾帶著考古試題，有時念書念得累了，就帶一本小說上去……比起圖書館，管湘更喜歡頂樓的自由和幽靜，沒那麼多拘束和令人窒息的寂靜。

當然，也是喜歡在頂樓有個伴，而且是個安靜的伴。

數不清幾回了，幾乎每次見到言子陽，他都是躺在那張木椅上睡大覺。

「那是你長得好看，才當得了睡美男，」管湘曾經這麼對言子陽說，「如果不好看，這行為簡直就是流浪漢來著。」

結果這人只聽進了前半句話，支著下巴笑答：「那只能說明，妳很有眼光嘛。」

「……」

一開始，管湘會安靜地在另一張木椅上做自己的事，直到言子陽被鐘聲給叫醒，或者自己醒來。他醒著的時候特別喜歡講些不著邊際的話，管湘有心情時懟他兩句、沒心情時賞他兩個白眼，相處可謂融洽。

後來有一回，他突然問她有沒有興趣到服裝秀後台打雜。

管湘面不改色，手裡捏著地理科的模擬卷，依舊是那句老話：「我為什麼要去？」

「呃……拓展見識、增廣見聞啊。」言子陽答。

她頭也不抬，只是把試卷翻過一頁，「說人話。」

「就……好啦，我想去看服裝秀，」言子陽為難地把剛睡醒的髮型抓成了鳥窩，「但公司管票的大姊說現場助理不夠，要我找人補上，不然不給我公關票。」

「那你可以自己買票入場。」管湘淡道。

「拜託，那可是Brittany K的秀欸，」約莫是為了顯示這名設計師的偉大，言子陽的肢體語言十分誇張，「她的服裝秀門票一向都是秒殺的，妳不懂。」

「我是不懂，」管湘明白地點點頭，「我只懂一件事，那就是你想利用我達到目的。」

言子陽被這麼一懟，愣了兩秒。

「欸，話不能這麼說，我也是為妳好啊，」那個一九二公分高的身影突然就站起來了，義正詞嚴道：「妳整天來這頂樓就是讀書，難道不悶嗎？當作去散心也好。」

不悶嗎？管湘自問。

跳不了舞是種悶、參加不了舞展排練是種悶、在班上活像個邊緣人小透明是種悶、只能看無趣的教科書度日是種悶……她簡直悶慘了。

「再說，這種秀通常都會跟學校有建教合作，拿到證明就可以抵學習時數或加學期總分。」言子陽看著管湘身邊堆著的一疊模擬試題，勸她道：「妳不是說班導讓妳提高學科成績嗎？比起悶著頭念書，去打工賺分更快吧。」

唔，有道理。

「好，」管湘瞬間掌握了利弊，也就爽快地答應，「時間、地點？」

如今距離服裝秀開始還有三個小時，她是按著工作人員入場的時間到的，至於言子陽，作為一個公關票入場的觀眾，自然不會那麼早出現。

安姊帶著管湘往展場更裡走，一邊又道：「幸好服裝助理的門檻不高，只要頭腦清楚，非相關科系一樣能做……既然服裝設計不懂，換衣服妳總會吧？」

「換衣服？」管湘說著低頭瞧自己一身的休閒裝，「我要換衣服嗎？」

「當然不是啦，」安姊說著已經帶她進入後台，只有一、兩個剛到場的模特兒正在休息，其他忙碌的都是工作人員,「是讓妳幫模特兒換衣服。」

管湘眨眨眼,「……換衣服也要人幫?」

「是呀,每套衣服走下T台、到下一套衣服上去,通常只有幾十秒的時間,在這幾十秒內模特兒要換裝、繫皮帶、戴耳環、換鞋、補妝、整理頭髮、喝水……這麼緊湊的行程,當然需要專業人士來幫忙。」安姊說著比了比一旁的梳妝區,幾名髮妝師正在準備用品,「妝髮由他們搞定,衣服的話就得由服裝助理負責。」

管湘跟著安姊一路走到後台的最前緣,也就是舞台背板正後方,那兒並排著幾列龍門架,每列前端都貼有一張紙,上面印著照片和人名。

面前的架子寫著「羅伊」,照片裡是個膚白唇紅的年輕男模。

「他是妳今天負責的模特兒,也就是說他今天上台的所有服裝由妳負責更換,東西都在這裡了,」安姊說著朝眼前比劃了下,管湘才發現每個衣架都黏有一張說明穿搭的圖紙,「每套衣服都有固定的穿法和搭配的配件,那是設計師的心血和創意,而妳的工作就是按照line up替他換上,不管是順序還是搭配,每個細節都不能出錯,明白嗎?」

管湘這輩子還真是從來沒幫誰換過衣服,無法想像這有點曖昧的動詞、與這麼正式的場合會碰撞出什麼樣的火花來。不過她還是順從地點了點頭。

「聽好了,這份工作最重要的事有兩個:效率和精準,請妳好好掌握。」安姊說著又伸手指向龍門架下方的空間,那兒整齊擺放了數雙鞋和幾個配件箱,「為了提升效率,我建議妳先熟記每套衣服的搭配方式和配件位置，以免臨上台時找不到，還有順便整理一下架上的衣服，如果發現什麼問題，趕快拿去找服管，他們會處理。」

管湘又點了點頭，因為工作內容實在陌生，一時間連問題都想不到。

這名叫作羅伊的模特兒分配到的服裝一共六套，按龍門架數量來看，現場模特兒共有五位。管湘大略掃了眼服裝和配件，清一色男裝，而她面前這一列服裝多是土橘、磚紅與鮭魚粉色，帶點中性、柔美的氣質，倒是與照片裡的男模很相配。

「雖然妳是菜鳥，這麼嚇唬妳有點殘忍——不過還是得請妳打起十二萬分精神，」安姊的手捏著管湘的肩膀，像是試圖給她力量，「Brittany在業界是出了名的龜毛，她的秀向來連一點小錯都不允許發生的，請妳一定、務必、千萬要做好準備。」

這話把管湘額頭都嚇出了一層薄汗。

安姊離開後，她轉身面對屬於她的龍門架，輕呼了一口氣，接著開始依照指示，把服裝的出場順序和配件細節全部記下，並把所有東西按照拿取的方便性重新整理過。期間，模特兒陸續到齊，三個化妝師開始輪流替他們上妝，一旁還有攝影師側拍兼採訪，後台瞬間熱鬧起來。

至於傳說中的設計師本人，為了與秀導討論和調整各項細節，中途似乎進來過幾次，但管湘忙著研究某雙鞋子的特殊穿法，並未留意到。正當妝髮進行到一半，秀導突然讓所有人停下手邊工作，準備上舞台彩排。

於是模特兒們要麼掛著髮卷、要麼頂著畫了半邊的眼影，並各自穿著來時的便服走上台，形成一景滑稽又衝突的景象。正好管湘忙到一個段落,便閒下來專心瞧著,而她首要關注的事,自然是每位模特兒回到後台的停留時間。

拿手機計時器一測——幾乎都是四十秒,不多不少。

再回頭看看那些華美、精緻得難以穿脫的服裝,管湘總算弄懂了服裝助理的重要性。

「羅伊!準備了。」秀導的聲音在前台入口響起,管湘下意識抬頭望向牆上的轉播螢幕,第一次仔細打量起她今天負責換裝的對象。

他很白,皮膚是像牛奶又像雪一樣的顏色,一雙漆黑飛揚的眉眼配著直挺的鼻梁,偏瘦的身版走起台步卻相當有存在感,架式亦男亦女、頗有個人特色,連掛在頭上的髮卷都被他的氣質給內化,像是本來就該出現在T台上的配件一樣。

管湘認真地看了他幾回,忍不住在心裡把他和言子陽做了比較。

縱使她沒看過言子陽走台步的樣子,可人的氣質是藏不住的,如果說羅伊屬於比較陰柔的那一種,言子陽就是純然乾淨的男子形象,氣勢上來說更張揚、更侵略一點。

不知為何,管湘此時突然有點好奇言子陽站在T台上會是什麼模樣。

相信也是不輸羅伊的吧。

沒多久彩排結束,模特兒們還得繼續未完的妝髮,其餘工作人員則是按照安姊的吩咐,先去放飯或休息,管湘這才離開後台。

平時因為舞蹈科施行節食,她本就習慣吃得少,這時又因為些微緊張一點食慾都沒有,便沒隨眾人去覓食，而是獨自沿著二樓的走廊走到最尾端，那裡有洗手間和幾台販賣機，距離熱門展廳較遠，因此沒什麼人。

管湘往販賣機按了一杯熱美式，找位子坐下來，心不在焉地盯著相隔一個中庭遠的展廳，拿起咖啡杯就口——

「啊！」熱美式才剛從機器按出來不久，溫度極高，管湘被燙一下，整個人都回魂了。

她放下杯子，深呼吸後吐了一口很長的氣，試圖平靜下來。

果然，不熟悉的環境、不熟悉的任務，還是會讓她感到焦躁。

以前，邢華老是認為她和其他的孩子不同，認為她無論面對什麼場合都一樣從容冷靜，殊不知，她只是善於隱藏。面對大風大浪，即便她害怕得想逃，也會做出面不改色的樣子。

「嘿，沒想到妳真的來了。」突然一個聲音出現。

管湘轉頭，原先緊繃的眉眼稍稍放鬆下來，「不是你讓我來的嗎？」

言子陽邁著大長腿走過來，在她對面坐下，「不錯嘛，很有責任感。」

見他身上還穿著制服，想必也是翹課從學校過來的。

「你在這幹麼？」她抿了一口熱美式，已經沒那麼燙了，「不是要看秀？」

「看秀之前，先來看妳這隻菜鳥啊。」言子陽一手撐著下巴，饒富興味地瞅她，「感覺怎麼樣？緊張？害怕？」

這濃濃的幸災樂禍是怎麼回事？

管湘瞟他一眼，果斷忽略連番問句，「那你怎麼知道我在這？」

「還不簡單，哪裡人少妳就往哪裡去。」

「……」

「妳那麼愛往美術大樓頂樓跑，又一副孤僻的樣子，這種場合肯定躲在角落耍自閉。」言子陽越說越覺得自己分析準確，那求表揚的表情又出現在臉上，「剛去後台看了眼，沒瞧見妳，我就直接過來了。」

說得有理有據，可管湘就覺得他是在損自己，於是抬頭瞪了他一眼。

言子陽卻瞇著眼打量她，「不過，妳怎麼一點都不緊張的樣子啊？」

「……真不好意思，讓你失望了。」

「嘖，真掃興，本來以為可以嘲笑妳幾句的。」他無趣地擺擺手，又道：「算啦，妳不怯場也好，不然就不能好好體會後台的『有趣之處』了。」

管湘抬頭，「什麼有趣之處？」

「這個嘛，待會妳就知道了。」言子陽擠著眼睛賣關子，神情曖昧。

管湘懶得理他，想來也不是什麼重要的事，便只低頭喝咖啡。後來，言子陽又陸續給她八卦了現場的模特兒們，誰是新手、誰是老鳥，還有誰私生活特別亂，不過聽來聽去，都沒出現羅伊的名字，大約言子陽與他沒什麼交集。管湘聽得興趣缺缺，不怎麼答腔。

如此瞎混一陣，時間也就過了。

「還有二十分鐘開場，我該入席了。」言子陽看了眼時間，站起來伸了個懶腰，「妳也該回後台了吧？」

管湘把咖啡杯扔進垃圾桶，嗯了一聲。

「加油啊。」她聽見他說，聲音突然低沉。

她愣了愣，看向他，「什麼？」

「讓妳加油啊，」他站在距離她三、四步遠的地方，語氣難得認真，「搞不好，今天會是妳人生的重要轉捩點。」

管湘不解地皺眉，「為什麼？」

言子陽意味深長地看了她幾秒，誰知道轉瞬間又是那個欠揍的語氣：「或許妳會在秀場認識了不起的人物，然後嫁入豪門之類的……誰知道呢，人生充滿了意外啊。」

「……你有病吧。」管湘說。

「開玩笑的，」言子陽恢復了陽光無敵的笑容，對她揮揮手道：「我走啦，等會結束之後在這裡會合，一起回學校。妳好好工作，要聽老師的話、不要和其他小朋友打架，知道嗎？」

管湘想翻他個白眼，可言子陽一下子已經跑得不見人影。

奇怪的是，看著他留下的空位，竟漸漸地感覺不那麼焦躁了。

正準備原路返回後台，口袋裡的手機突然來了邢華的訊息，問她晚上去不去工作室一起吃晚飯。管湘的眉頭不自覺皺起來，已讀後就將手機塞回口袋，還順手扣下了靜音的開關。

距離開場剩沒多久時間，管湘一回到後台，就見到自己負責的那桿衣服前站了個人，按體型看上去是羅伊沒錯，還穿著來時的便服，似乎正找著什麼。

她趕緊小跑步過去。

「嘿，我是羅伊。」見到管湘，他的第一個反應是笑著打招呼。

方才彩排時沒見他笑，如今雖臉上掛著濃妝，笑起來仍有股濃濃的稚氣感，年紀左不過十八歲上下，和她也差不了多少；笑的時候眼睛瞇成兩條細細的線，襯著透白的皮膚活像雪國來的狐狸；再看看身高，視線水平和平時她看言子陽的時候差不多，管湘竟生出一股親切感來。

「叫我管湘就可以了。」她答。

羅伊突然歪著頭看她，「覺得妳好眼熟啊，我們是不是見過？」

管湘只是淺笑……好老套的搭訕招式，這年頭幾乎都沒人用了。

沒給他們多餘的時間寒暄，秀導已經出現在眾人視線裡，為開場進行十五分鐘的倒數，這時所有的模特兒準備換上第一套衣服。

然後管湘愣住了。

身為服裝助理，工作是替人更衣，可她居然忽略了……更衣首先還需脫衣。

她僵在那兒，眼看羅伊在極近的範圍裡，旁若無人地褪去身上的衣服，直到剩下一條平口四角褲，還是膚色貼身款。管湘想悄悄轉開目光，結果往旁一瞧更不得了，全都是正在脫衣服的男模。

她突然就明白了，方才言子陽說的「有趣之處」為何，也難怪他的表情這麼曖昧。

……下流的傢伙。

管湘沒忍住，眼珠子差點翻到後腦，卻不巧被羅伊捕捉到這瞬間的表情。

「沒事吧？不舒服嗎？」他擔憂地輕拍她肩膀。

感覺到大片肉色靠近，管湘只能抬頭看著天花板，努力維持臉上的從容。

「我沒事，來，」她從衣架上解下第一套衣服的上衣塞給他，「你先換上這個。」

其實類似的情景，管湘並不陌生。過去舞蹈科公演，一個人通常都要跳兩、三首曲，下了台第一件事就是換衣服，效率要緊，也不在意誰看，同班同學面前脫到只剩內衣褲也是常態。不過儘管場景類似，還是有些不同的，比方說……她們那一屆舞蹈科沒招男生。

所幸當秀正式開始走，所有人都進入備戰狀態後，管湘的注意力也跟著轉移了。前台的節奏緊湊，後台換完裝的模特兒排成一列等待上台，一邊還要接受攝影師的側拍；而當他們走下台，同時間就得更衣、補妝、整理頭髮，有時一腳套著鞋子，一隻手還得邊繫上腰帶。

按安姊所說，後台換裝是小到耳環戴左還戴右這樣的細節也不容出錯，可謂非常講究。

很快地，當管湘終於有時間喘口氣，已經過去了三套衣服，每一套都是在手忙腳亂中度過，不是襯衫扣不上扣子，就是找不到項鍊扣環的孔，第二套換靴子時還差點讓羅伊左右腳穿反，搞得他忍不住笑了出來。

「看不出來妳會這麼緊張。」他說。

管湘忙著把兩隻鞋子換過來，頭也不抬，「……什麼？」

「妳的表情非常冷靜，但是手卻抖個不停，」羅伊笑著，管湘站起身時瞥了一眼，才發現他有酒窩，「這樣的反差很有趣。」

「我忘記告訴你了，我是個新手……」她微赧著說，「所以才漏東漏西的。」

「放輕鬆，大家都是這樣的。服裝秀最迷人的風景是什麼，妳知道嗎？」羅伊正在套上最後幾個戒指，一邊說：「就是那些在上台前一秒才準備好的混亂。」

沒等管湘反應過來這話是什麼意思，他已經把自己送進了排隊上台的隊伍。

想到這個插曲，管湘將目光從轉播螢幕上移開，偷偷觀察著四周。

展廳的後台算不上乾淨整齊，甚至可以說凌亂不堪，穿過的衣服零散地掛在架上，沒有人記得要翻回正面，小配件在某個鞋盒裡扔成一堆，鞋子東一隻西一隻。

而在這像被核彈打過的景象中，還不斷有各色人種穿梭而過：手裡抓著電捲棒和定型噴霧的髮型師、腋下夾著化妝包而手背上墊著一塊海綿的化妝師、因為忙碌幾乎都要陷入衣服堆裡的服裝助理們，還有多數時間都是半裸著身體的模特兒……

可只要稍微仔細看，就會發現他們各自有各自的規律，所有工作有條不紊地進行著。

確實直到把人推上台之前，每一秒都還在匆忙和混亂中，但模特兒一旦踏出了T台上的第一步，瞬間就是最完美和耀眼的存在。

原來，這就是羅伊口中最迷人的風景。

不知為何，管湘覺得自己還挺喜歡這道風景的。

此時羅伊再度下台來，她連忙回神、抓起第四套服裝迎上去。只見他邊邁大步、邊解開身上襯衫的扣子，脫掉後隨手往架上一掛，接著拿過她手裡的大V領衫，想也不想就套了上去。

管湘立刻反應過來阻止，「羅伊等一下，你的耳環——」

可她反應再快，也快不過換衣服速度如閃電的現役模特兒。

這件V領衫是半點彈性都沒有的雪紡質料，一旦勾到東西又受到拉扯就容易破損，果然耳邊傳來茲啦一聲，聲音雖不響，聽在兩人耳裡分貝數瞬間放大好幾倍。

「呃……你剛才說的混亂，也包含這種事嗎？」管湘心都涼了，而肇事者像尊石化的標本一般盯著她看。

上一套服裝搭配的是古銀色單邊耳環，上頭的老鷹羽毛每一根都是用特殊工法削尖的，不用摸就知道很銳利。入場前安姊就曾提醒過管湘，如果有類似配件，一定要先摘下來才能進行穿脫，否則衣服可能會損壞。

「雖然機率很低，不過千萬別為了省那幾秒鐘而冒險。」安姊這麼說。

……機率這麼低的事情都給她碰上，她今年走的是什麼大運？

羅伊的V領衫穿了一半，胸口附近被耳環勾破一個洞。雪紡質軟，磚紅色的布料往兩旁攤開來，將破口處露出的肌膚襯得越發白皙。

「怎、怎麼辦？當作沒事直接上台嗎？」羅伊驚恐地抓住管湘的手臂，似乎忘了他的服裝助理也是隻土菜鳥，臉色只差沒比他更蒼白。

管湘四處望了望，所有人都在忙碌中，沒人有空留意他們，而時間一分一秒流逝，她感覺自己的腦袋就快要炸了……咬咬下唇，她逼自己冷靜下來。

往常，公演上台前如果有配件出了問題，她們都是怎麼解決的？

片刻，她將下半身搭配的窄褲先給羅伊換上，自己則轉身去了一旁的化妝台。

羅伊穿好褲子後跟上來，一面穿上西裝外套，一面看管湘的手在配件盒掏著，裡頭都是這一趟秀用不上的飾品。沒多久，她撈出一個小小的翅膀胸針。

「這……合適嗎？」羅伊很快明白過來，管湘是打算利用胸針來遮蓋破洞，一方面佩服她反應快，另一方面又對她的選擇感到疑惑，「妳怎麼不拿那個英倫風的校徽？配西裝好像更有感覺欸。」

「沒時間解釋了，過來。」眼看時間緊迫，管湘一把將他拉上前。羅伊見她表情嚴肅也不敢多話，乖乖站著任她擺布。只見管湘左手捏緊了破口，右手將胸針別上，完成後，攏了攏西裝外套兩衿，最後為他整理領口。

羅伊顯然還是忐忑，「能行嗎？Brittany會不會生氣啊？」

管湘也不知道大設計師會不會生氣，只道：「非得比較的話，我覺得看到你穿著破一個大洞的衣服上台，她會更崩潰。」

如此說來好像有道理，羅伊只得閉上嘴，畢竟是他闖的禍，管湘也是在為他解圍。

此時，秀導的喊聲傳來，「四之三呢？四之三準備好了沒有？」

管湘連忙把羅伊推上去。

沒多久，他上台了，管湘便就轉播螢幕仔細盯著他的身影，如她所料，翅膀胸針體積小、重量輕，別在胸口位置不僅不顯眼，亦不影響V領衫的垂墜度和形狀。

她鬆了一口氣。

在那之後，剩下的兩套衣服順利走完。當模特兒和設計師一起上台謝幕時，其他人便開始整理混亂的後台。沒多久，羅伊回來了，管湘接過他脫下來的衣服，抖了抖掛回架上，並清點配件數量。羅伊換上自己來時的便服，在一旁有一搭沒一搭地和她閒聊。

突然間，整個後台都安靜下來。

管湘正收著方才用上的軍靴，回過頭，只見秀導身後跟著個年約四十出頭、身版偏瘦、穿著時髦俐落的女人。她想起今天一路過來看到展旗上的照片，這人應該就是設計師Brittany K了。

所有人停下手裡的工作，畢恭畢敬地和她打招呼，可她的表情卻十分嚴肅，以至於一時沒人敢說話或動作，只等著她發號施令。

她的視線不緊不慢地掃了眾人一圈，最後開口道：「二之一是誰負責的？」

隔壁不遠處傳來一聲小如蚊蚋的回應，是一名身材嬌小的服裝助理。此時她半舉著手，好似不希望被人注意到般，頭垂得極低。

「開場前，看過圖沒有？」找到對象後，Brittany單刀直入地問。

那名助理點點頭。

然而這點頭卻像是引起了大設計師的憤怒，管湘見她眼中閃過怒火。

「既然看過，為什麼圖上寫的是塞靴，妳卻把褲管大喇喇地放在外面？」Brittany的語氣沒變，但所有人幾乎是本能地屏住了呼吸，「堂堂漢平藝高的服設科學生，連這點工作都無法勝任是嗎？」

管湘意外地看過去，沒想到在這樣的場合居然會遇上同校的人。

「怎麼又是她，每次出錯都有她的份。」

「就是啊，腦袋不清楚又不細心，還老是自告奮勇應徵dresser……」

身後的某一處突然響起兩個工作人員的低語，管湘忍著回頭的衝動，見那名小助理低著頭不停道歉，聲音都哽咽了。

「Ann，」Brittany見對方認錯卻只是蹙眉，喚了安姊來，「以後這種素質的，不許出現在我的後台。」

安姊滿口答應，提筆在手裡的記事本上註記。緊接著，Brittany的目光放到了羅伊身上。

「還有，剛才的四之三是怎麼回事？」

來了。

管湘雖然早知道會被發現，但心底還是驚了一下。

羅伊首先從架上取下了那件V領衫，支支吾吾地解釋自己是怎麼不小心勾破的。Brittany聽著伸手接過上衣，攤開來仔細研究那個破口，接著抬起頭。

「這些都是待會要送到工廠的樣衣，」她用就事論事的口吻說道：「因為破損而耽誤我一天的工時，這個損失必須從你今天的酬勞扣除。」

羅伊早知道會這麼處理，只是點頭應了，沒有第二句話。

「剛才那枚胸針呢？」Brittany又問，她看著羅伊，羅伊只得看向管湘。

管湘連忙轉身捧出裝著飾品的盒子，正要低頭翻找，卻被人奪了去。

Brittany拿過飾品盒，低著頭檢視起裡面的配件，表情越趨凝重。羅伊見狀偷偷退了好幾步到管湘身邊，附在她耳邊碎碎念：「完了吧，早叫妳拿那個校徽，妳偏不要，她肯定是不喜歡那個翅膀……」

管湘一眼瞪過去，再回頭時Brittany已經看著她，瞧她的神情，應該也聽見了羅伊的話。

「這裡這麼多胸針，為什麼選這個？」她手裡抓著那枚翅膀問道。

一下子現場所有人都盯著管湘看，等她這個菜鳥解釋自己的選擇。

無數混亂的理由從腦海中飛過，可管湘不知為何卻有一種直覺，那就是比起用了心卻用錯地方，Brittany似乎更不能接受毫無理由的失誤。

她掙扎了一會兒，最後決定實話實說。

「我第一個想到的是，要補上破口、又能不影響衣服想呈現的感覺，胸針如果太大，不但重量會拉扯衣服、影響垂墜感，還會搶了衣服的風采，所以我選翅膀，不起眼、但是能起到修補的作用。」她把當下急速思考的結果化成文字，一一解釋道：「四之三是柔軟的雪紡搭配硬挺的窄褲，外罩雖然是件西裝，卻沒有做扣子，我想那是為了突出內裡的大V領衫，給人恣意奔放的感覺，如果是這樣，搭配上翅膀也不違和。」

Brittany沒什麼表情地聽著，眼睛慢條斯理地眨動。

「真是外行，」她不冷不熱地評論了一句，「妳是服設相關科系的學生？」

管湘搖搖頭，接著聽見其他工作人員竊竊私語的議論。

……死定了，好端端地硬要翹課出來搞建教合作，這下還闖了禍，到時這位大設計師如果堅持通知學校、鬧出什麼醜聞，她就真的不用混了。

這時，Brittany重新拿起那件V領衫讓羅伊換上，並將翅膀胸針解開。她將雙手一上一下地伸進上衣內，從裡面往外將破口別上了。別好一看，不僅看不出衣服的損壞，甚至連胸針的存在都不明顯。

「翅膀和服裝形象違不違和，並不是由妳決定，而是由我，」Brittany指著上衣的胸口，看都不看她一眼，「而妳的職級所能做的，只有像這樣——不帶任何個人意見的補救。知道差別在哪裡嗎？」

管湘愣愣看著她，說不出話。

她當時怎麼就沒想到從裡面往外別呢？

「差別在於，我是設計師，而這是我的秀，」Brittany將配件盒扔回化妝台上，又道：「想要發揮妳的創意，請發揮在自己的作品上。像這樣任意改動細節，即使只有一點點，都是非常不尊重原設計者的行為，請妳牢記。」

話說完，Brittany轉過頭，扔下一句「大家辛苦了」便離開，其他人面面相覷著，口裡邊討論方才的事、邊繼續善後。管湘站在原地，思考自己究竟是不是犯了很嚴重的錯誤，直到羅伊上來拍拍她的肩，她才若無其事地繼續整理衣服。

服裝秀正式結束後，管湘從安姊那裡拿到了實習證明，本想直接回學校，卻想起和言子陽說好一起回去的事。她避開其他人，獨自沿著長廊往後走，果然遠遠就瞧見他一個人在咖啡座上待著，右手支著頰，只露出面無表情的半張臉，卻把整個畫面弄得像幅畫。

他應該是她所知道的模特兒裡，長相數一數二好看的，身材比例和氣質也都在水準之上，照理說應該正式亮相幾次後就能發跡，慢慢累積人氣，可一直到現在他卻還默默無聞，她甚至都沒在學校聽過有任何人談起他。

羅伊和他差不多年紀，都已經能接Brittany K這樣等級的服裝秀了，沒道理言子陽不能，況且他又待在這麼好的公司……顯然人能不能紅和成年與否並無相關。

管湘走近，見到桌上有兩個橙汁空罐，像是之前別人留下來的垃圾。

一看到橙汁，她就想起上次在影廳打翻杯子、潑了他一手的事，緊接著想起言子陽極不喜歡他人的碰觸，總是會立刻迴避。管湘腦子裡突然靈光一閃……該不會一直沒能成名，是因為他這個小毛病吧？畢竟今天在後台的時候，必要、非必要的情況下，她也碰了羅伊的身體不少次。

原來是這樣。

見到她來，言子陽嘴角輕揚，示意她坐對面的位子。

「嗨，菜鳥，第一次到服裝秀後台打工的感覺怎麼樣？」

管湘順從入座，一放鬆下來就閉上眼睛道：「這工作太累了，只能簽實習時數、不發工資，還連帶精神折磨……以後就算你跪著求我也不來。」

言子陽聞言大笑，「我都聽說了，以妳的經歷來說，這個等級的危機處理已經很好了。」

「……你消息倒靈通。」管湘覷他一眼。

「妳不知道從後台出來的每個人，都在討論這事嗎？」他臉上滿是饒富興味的笑，「據說Brittany也很罕見地沒對妳發脾氣？」

「那算沒發脾氣嗎？」管湘不敢置信地眨眨眼，「我被她罵了一頓。」

她把情形大致向言子陽描述了一遍，當然是以她的立場。只見言子陽搖搖頭。

「按Brittany的個性，這程度的訓話已經很溫和，聽說另外一個犯錯的助理直接被她黑名單了不是？」他解釋道，「大概知道妳不是本科生，也不忍心太苛責妳……不過我想幫妳安排工作的那個人，可能會被罵得挺慘。」

管湘沒好氣，「說到底，還不是你讓我去的嗎？」

「我也是權宜之計嘛，」言子陽腆著臉繼續說道：「不過這麼聽下來，她不怪妳搞爛作品，只是譴責妳擅自改動設計的行為不妥，代表妳這補救方向還是挺有審美的，只是職業道德有待加強……要知道，尊重原創，是每一個服設科系的人都心知肚明的規則。」

「……你了解她的程度已經勝過她肚裡的蛔蟲了，」管湘越聽越覺得神奇，「你該不會就是傳說中的迷弟吧？Brittany K的私生飯之類的？」

言子陽只是一臉不置可否的笑，沒回答。

管湘也不執著聽到他的答案，只是回想Brittany K嚴肅的神情，有點感慨。

「雖然按你說的，她似乎對我網開一面，不過我看得出她非常在意這個意外，」管湘轉頭望著不遠處的展廳，還是有些罪惡感，「不是在意作品被改動、或者是衣服損壞，而是在意這個意外本身。」

「是呀，她一向很嚴格，尤其討厭不在掌控中的事。」言子陽涼涼地說，眼神竟開始變得有些黯淡，「畢竟是拋家棄子才得到的成就，不對自己嚴格一點，怎麼守得住得來不易的江山呢？」

管湘聽著這話，有些遲鈍地看向對面那人。

「什麼？」

第四章　死心了

「回顧上一季引領風潮的透視和格紋等經典元素，相信沒人會忘記在幾大品牌中脫穎而出的Brittany K.，這一季，除了飄逸和異拼接外，與今年度的Pantone色相作呼應也是趨勢之一。上週小編剛朝聖完幾個重要的新品發表會，現在就一起來點評令人驚豔的新作吧……」

連續兩節英文課剛結束，下課鐘響後，班上同學大多結伴去了合作社。管湘坐在位子上，把早上經過書店時買的雜誌拿出來，翻了幾頁，才找到上週幾場重要時裝秀的相關報導，其中也包含Brittany K的。

平時她並不特別注意時尚圈的新聞，更別說買雜誌來讀，要不是早上去買模擬試題本時，在雜誌架上看見封面的Brittany K，她應該也沒機會買下它。

內頁有大量現場的側拍和服裝點評，管湘看得頗投入。走秀當時，她因為工作的關係幾乎都待在後台，沒能領略前台模特兒每走一步都能驚艷台下一分的光景，如今看看照片，就當作自己當時也在台下，聊勝於無。

後來幾頁，開始出現了些後台工作現場的側拍，大多都是以設計師本人的身影或模特兒身上的服裝為主。看到Brittany K的側臉和她嚴肅工作的樣子，管湘就忍不住回想起那一天言子陽和她說的事。

Brittany K是學美術出身的，高中畢業後卻突然驚覺自己對服裝設計的興趣，可當時她已經考上國內第一藝術學府的美術系，在父母的反對下無法轉系改讀。她沒有因此放棄，反而一邊兼顧系內課業，一邊開啟了三年自學服裝設計的過程。

在當時，網路資源和資訊流通都很不足的情況下，自學服裝設計是非常艱難的事。首先這個產業十分排外，本科系出身的人都不見得能學到的知識和技能，更不可能教給外系生；二來，必須讀懂大量專業詞彙，對實作的要求又高，能看懂英文不見得能看懂教科書、能看懂教科書不見得能懂如何實作。

在這樣苛刻的環境下，Brittany K自學三年後參加了一個設計大展，並於當次大賽打敗所有本科生脫穎而出，於業內紅極一時，甚至有許多外國的設計名校看準她的潛力，提供獎學金和名額邀請她去。

那一年，她二十一歲。

「正當所有人都以為她要飛黃騰達的時候，」言子陽一邊說著，眼睛直瞧著遠方的展旗，上頭正好就是Brittany K的照片，「她懷孕了。」

管湘眨眨眼，沒說話。

言子陽繼續道：「孩子的爸爸是辦學校的，個性非常保守，承諾娶她的條件是她必須退出設計圈，專心照顧家庭和孩子。於是在不用擔心經濟和吃穿的情況下，她引退、接著默默當了十四年的家庭主婦。」

可是，十四年的時光並沒有讓Brittany K淡忘她對時尚的熱情，反而越加助長。孩子上高一的那年，她毅然決然地拋下家庭，隻身去了帕森設計學院，短時間內建立了個人的時裝品牌，接著在歐美時裝界一炮而紅，最後挾著高知名度回到國內。

「很無情吧？就這麼拋下了老公和小孩。」她還記得，言子陽最後是這樣說的。

「不會啊，」管湘面無表情道：「都過了追夢的年紀還這麼堅定，不是挺帥氣的嗎？」

至少在她眼裡，這名大設計師對服裝秀的嚴格全都有了答案。

「帥氣個屁啊，」言子陽一臉的不贊同，「這叫沒心沒肺好嗎？」

管湘無語地看他，「……這一下捧、一下踩的，你人格分裂啊？」

言子陽被這話堵得漲紅了臉，最後才道：「我崇拜的是她的作品和才華，但關於她的人品處事態度，我……不予置評。」

「不予置評……」管湘的嘴角抽了一抽，「還不是說了這麼多嗎？」

那日，對於言子陽這反覆的言行，管湘是印象深刻。

手捧雜誌、神思進入半恍惚的她，眼角餘光瞥見經過座位旁的身影，瞬間回過神來，發現不知道什麼時候已經上課了。她四處張望，只見附近座位的同學手裡或桌上，都有一本新發的歷史講義，唯獨她沒有。

她轉頭，負責發講義的歷史小老師就坐在她的左後方，此時正好回到座位上。

管湘喊了她：「不好意思，我沒拿到講義。」

那人準備坐下的動作頓了頓，接著嘴角微微勾起，笑得有些不懷好意。

「真是抱歉啊，我以為妳已經不是我們班的學生了，所以剛才數講義時，只數了三十一份，沒算到妳的。」她撥撥頭髮，語調盡是嘲諷，「畢竟每次上術科課的時候，妳都不見人影，這也不能怪我。」

周圍傳來些許竊笑聲，管湘轉眼，只見蕭郁忻正幸災樂禍地看著她。

一瞬間，她什麼都不想說，歷史講義也不想要了。

管湘轉回自己的位子上，只求安靜地度過第四節課。下課鐘一打，她立刻就出了教室，連身後的人會怎麼議論她的逃離也不想管。一切就像反射動作一樣，她繞到人滿為患的熱食部隨手拿了一盒沙拉，然後直奔美術大樓頂。

她早該知道的。

這一天遲早都會來，只要她的腿一天不好、一天回不了舞台，在科裡與其他人的隔閡就會越來越嚴重。就像是出現在應用外語科的語言白痴、出現在美術科的色盲，或是出現在模特兒科的胖子。

顯得多餘又突兀。

她暴躁地推開頂樓的門，習慣性往右一瞥，花棚下，言子陽果然又在睡了。怕光的他，此時偏過一邊側躺著，背著光源睡得正熟。

這一幕來回看了好多遍，管湘深深覺得，給言子陽冠上「睡美男」的稱號，他真是當之無愧。儘管每次他都只是穿著制服、睡姿也大同小異，可管湘就是單純覺得這幅畫面……很好看。

她感覺平靜了點，便悄悄在另一張木椅上坐下，發現自己無意中把早上買的雜誌也帶來了。管湘將雜誌和一旁的課本疊在一起，接著打開手裡的沙拉盒，用叉子戳起一片生菜送到嘴邊，可都還沒張嘴咬下，她卻突然沒了吃的慾望。頹廢地放下手，看那盒裡一坨綠、一坨紅、一坨黃的色塊，她感覺一點都不餓了。

言子陽是在這個時候醒過來的。

他瞇著眼，眼神很自然地落到管湘身上，如今對於她的突然出現，言子陽早習以為常，連一句寒暄都沒有，只拿了副嫌棄的目光，瞧著管湘手裡的沙拉。

「妳怎麼跟我們班女生一樣，整天就只吃這可怕的東西？」言子陽縮起腿，然後抱住了自己的雙膝，「看了就好想吐。」

管湘低眉看著如今連她也厭棄的食物，心想果然模特兒科對體重的管理也相當嚴格吧。

「舞蹈科也是要維持身材的，」她說，想了想又淡道：「雖然，我已經不需要了。」

話題突然就落到了敏感地帶，兩人之間有幾秒鐘的沉默。

片刻，言子陽撥了撥自己的頭髮，問：「轉科的事，考慮得怎麼樣了？」

管湘將沙拉盒蓋上，挪到一邊去，答道：「沒考慮。」

「沒考慮是什麼意思？」

「不想轉，」管湘手支著椅子，抬頭望天，眼神裡情緒疏離，「想乾脆休學算了。」

「為什麼？」言子陽瞪大眼。

看他驚嚇的樣子，管湘噗哧一聲笑了出來。

「開玩笑的，前陣子的確有股衝動想休學，現在倒還好。」她淺笑著搖搖頭，「只是轉科的事，還沒拿定主意。」

「轉去服設科如何？」言子陽鄭重其事地看著她，勸道：「我不說妳也應該知道，妳在這方面是有天分的。」

「嗯，我知道。」她說，慢條斯理地眨眼。

「……就這樣？」言子陽等不到管湘的下文，老樣子著急了，「知道的話，就行動啊。」

這時，她臉上的笑容已經淡得看不見。

「可我還是很想留下來。」管湘說。

言子陽看著她，某種熟悉的難受感又出現了。

舞蹈，真的讓她這麼割捨不下嗎？

「妳的腿……到底能不能好？」他問。

管湘聳了聳肩，口氣極淡，「是能好，只是不會完全好。」

她再也不可能像過去那樣了。

「既然這樣，就別留戀了，」言子陽放下雙腿，站起來伸了個懶腰，「正所謂那什麼——對，舊的不去新的不來嘛。」

「你說得倒容易，」管湘瞪他一眼，「有種東西叫做苦衷，你懂不懂？」

他立刻與她坐到了一側，中間相隔著一個人的距離，然後把雙手墊在了腦後，「咳，說吧，洗耳恭聽呢。」

管湘瞇瞇眼，把目光放在了一旁的雜誌上。

身為舞蹈界的名人以及大眾眼中極有認知度的人物，邢華的私生活也總受到高度關注。忘記是從什麼時候開始，每年八卦雜誌總會有一篇專題，內容是關於「編舞家邢華到底嫁掉沒」的評論解析。有時上面會列出她當年度的緋聞對象評比一番，並分析這戀情破局的原因，有時會請來星座專家拆解她的星盤、命宮，以說明內、外在條件都如此完美的女人，為何至今仍孤家寡人。

對管湘來說，每有人在這事上多議論一句，就是往她身上多加了一份責任。

這箇中的相對關係，只有她一人知曉。

「為了培養我成大器，她把所有東西都押在我身上了……」管湘對言子陽道。這似乎是她第一次把心底的疑慮對人說，「那些『東西』不只是名聲、錢、資源或人脈這麼的表象，還有她的青春、她的人生。」

言子陽就這麼靜靜聽著，一雙漆黑的眼神望著她。

「收養我之後，她幾乎沒有自己的生活。即使在她不比賽、不公演的日子，也是忙著陪我上課、訓練，不然就是帶我去比賽。」她憶著一路走來的事，越覺慚愧，「我沒見過比她更盡責的養母……別人起碼會有自己的家庭、有老公，甚至還有自己的孩子，可她什麼都沒有。」

「咳，所以……」言子陽聽到了這個段落，便開口下結論：「妳對舞蹈科這麼執著，是想按著她的期望，有朝一日成大器？」

人之常情。

管湘點了點頭，表情變得有些晦暗，「誰又能預料得到，我摔一跤、不過幾秒鐘的事情，卻把別人對我付出的十幾年就這樣摔掉了……」

兩人之間迎來十幾秒的沉默。言子陽捏著下巴，像是在思索什麼。

「妳媽——噢，我是說妳養母——她知道妳的腿不能跳舞的事嗎？」他問。

「當然。」管湘回想了下，邢華大概是在李朝明帶著她的診斷報告來家裡的時候，就知道她的狀況了，「她是除了主治醫生以外第一個知道的，所以才會和班導聯合起來、勸我轉科。」

言子陽的眉頭一下子攢緊，「等等……怪不得我看妳的理科模擬卷經常滿江紅，妳這傢伙邏輯超差的啊。」

管湘正感性著，這人突然和她提什麼邏輯，她一眼瞪過去，「……什麼啦？」

「妳說想留下來是不想辜負養母的栽培，可又說妳養母和班導聯合起來勸妳轉科，也就是說……她並不認為妳轉科是辜負了她，事實上，是妳在為難自己吧？」他搔著染壞以至於十分毛躁的頭髮，「這鬼打牆的邏輯，我理解困難。」

「嗯，你說的沒錯，」管湘點點頭，坦率地承認，「我是在為難自己。」

語落，午休結束的鐘聲響了。

兩個人靜靜相對著，等待那十幾秒過去。

「唉，妳們女人真的很複雜，我懶得懂。」言子陽最後煩躁地跳起來，一九二的身高令管湘不得不仰頭，「反正距離期末還有一個多月，妳慢慢為難去，我要走了。」

這回倒換管湘成了留下來的那一個。她瞧著他的背影。

「真難得……你也會想上課？」她說。

言子陽回過頭，臉上一抹高深莫測的笑，「誰跟妳說我要回去上課的？」

……這傢伙，又翹課。

待管湘想通是怎麼回事，言子陽已經不見人影。

今天Brittany K在本市的藝文中心有一場聯訪記者會，開放一般民眾免費入場參與。雖然這個時間去，已經排不到前排的好位子，但言子陽還是沒打算放過機會，畢竟這是Brittany K結束本次時裝秀後、回紐約前的最後一次公開活動。

果然，距離活動開始還有三十分鐘，場內已經人山人海。言子陽從門邊擠進去，想辦法在角落卡了個位子……以他的身高來說這麼做實屬不易，不過也沒引起太多抱怨，現場所有人一門心思都撲在了活動上，只想看大設計師什麼時候會出場。

稍後活動準時開始，Brittany K登場時，現場響起如雷的掌聲。雖然她長期不在國內活動，但以設計師身分在國外大放異彩，又兼著一個跳脫傳統框架的女性形象，許多人不是只喜歡她的設計，更是被她的故事所鼓舞。

記者聯訪都是些關於未來設計方向、個人品牌經營模式等問題，Brittany K一一詳答了，而聯訪結束後，也開放半個小時給觀眾提問。言子陽在那狹窄的位子上坐了快兩個小時，此刻疲憊地倚著後牆、閉上眼睛小憩，一邊聽現場的對話。

「老師，您好……」麥克風被轉交到一名婦人手裡，她的聲音有些抖，「我想問……是什麼原因，讓您堅持在這個年紀去追求自己的夢想呢？尤其，老師您也是走入家庭的人……我的意思是，像我們到了這年紀、又有了孩子之後，根本沒辦法放心去做想做的事，在投身設計的過程中，您難道都不會掛心家庭嗎？」

場內響起了嗡嗡的呼應聲，連台上主持人也笑起來，「我能理解這位觀眾的疑問，像我有了孩子以後，連想要在下班後去上個瑜珈課，都怕老公照顧不好孩子……老師，這部分您是怎麼看的呢？」

聽到這，言子陽睜開了眼，目光灼灼地望著台上。

Brittany K慢條斯理舉起了麥克風，沉著地笑著開口：「這個問題，我私底下也被問過不少次，首先對追求夢想的堅持，當然是源自於熱愛，這點我想大家都明白……所以我知道，妳們想要問的是我如何放下我的家庭、不顧一切地去圓夢，對吧？」

觀眾們鼓譟著同意。

她換了個坐姿，繼續道：「事實上，結婚以後的每一天，我對設計的熱愛都只有增加、沒有減少，看到許多朋友或老同學慢慢在自己的領域裡發光發熱，我實在嫉妒的不得了，但能怎麼辦呢？誰讓我正值巔峰時卻懷孕了……所以孩子出生以後，我每一天都告訴自己，盡我之力將他養大，待到他能照顧好自己的時候，就放下他，然後去追求自己想要的……是的，我在結婚第一年時，就做了這個決定。」

這段故事從不曾在過去的訪問中被提起，因此全場觀眾無不驚訝譁然。

言子陽看了眼牆上的時間，便壓低身子站起來，盡量不驚動任何人地悄悄退場。

這時候，台上的Brittany K正繼續沒說完的話。

「有許多人質疑我是不是不夠愛我的家庭，我必須澄清，不是你們想的那樣。」說到此，她的語氣微微激動，「我愛我的孩子，比這世上所有人都愛他，在我眼中，他是誰都不能取代的寶貝；至於我的丈夫，我也從不後悔與他戀愛、與他共組家庭，只是……確實，到後來的這幾年我們之間出了一些問題，但就如我剛才所說，我回到設計的路上是早就決定好的事，與我和我丈夫的關係無關。」

現場提問的環節繼續進行，而此時言子陽踏出了藝文中心的大門。

搭車回到學校，已經過了放學時間，天也漆黑一片。他進校門走了不到兩步路，竟突然下起了雨。雨勢不太大，言子陽也沒覺得淋著不舒服，便雙手插在口袋裡，緩步往美術大樓去。一路上，半個人都沒有，連高三晚自習的覓食人潮，也受到天氣影響而不見蹤影。

走了幾分鐘，終於回到美術大樓，他一邊吹著口哨、一邊往頂樓爬。

這一年來，他變得非常喜歡夜色降臨之時，因為身在夜幕中，他感到特別自在。

沒多久，他已經到了頂樓的鐵門前，卻聽見一股不尋常的聲音，咚、咚、咚……像是誰正在木棧道上走動、踏步，那腳步聲紮實且清楚。

這裡本就少人來，一年多的時間也就他一個，不過是最近又多了個管湘而已。

難不成……

言子陽悄悄跨過門檻，轉頭往右一瞥，接著呆住了。

那是個線條非常漂亮的纖瘦身影，左腿立姿、右腿向後伸得筆直，整個人向前俯身，右手則順著身體的曲線再延伸出去。她微微仰著頭，受著雨水的頭髮已經打溼，可動作絲毫不顯停滯，放下右腿交換了步伐以後，她順勢轉了個圈，把髮尾的水甩出了一圈圓弧。

那是管湘。

言子陽站在那兒，清楚感受自己內心的鼓譟。

他一直知道她的專長是舞蹈，可從來沒見過她的舞姿。他不懂舞，平時也不怎麼看，自認為對這方面沒什麼欣賞細胞，可如今卻因為管湘在雨中的舞姿深深震撼。

轉了個圈後，她輕輕擁住了自己，接著以右腳為重心，緩緩地側彎下腰，並將左腳抬起。這個舞步，她做得很細緻、很紮實，方能凸顯出動作之美。慢慢地，她的右手幾乎能碰地了，可卻在這一瞬間，臉上閃過痛苦的表情。

同時，管湘的右腿就如斷線一般曲起，隨後失去支撐的作用。

砰的一聲，她整個人摔倒在地，還濺起了些許水花，而這畫面終於讓言子陽回過神。

他說不清那瞬間的感覺，或許有驚訝、有害怕、有擔心，也有憤怒，可能還有點別的什麼。他只知道在決定怎麼做以前，身體已經下意識地動了——就如那日，看見她站到牆上時一樣。

言子陽衝到管湘身邊，發現她吃痛地抱著右膝，臉色蒼白如紙，幾束瀏海貼著側臉，整個人給雨打得像從水裡撈出來、瑟瑟發抖的小雞。他站在她腳邊時，她微微抬起頭，臉上那一滴滴的，也不知道是雨水還是淚水。

「解釋一下妳這荒唐的行為？」他居高臨下看著她，背光的臉上看不清表情。

膝蓋正如火燒一般疼痛的管湘，此時突然笑了。

那笑容裡帶點嘲諷、帶點抽離，在她蒼白的臉上看來格外醒目，如果細細探究，可以發現藏在那笑容之後的無助，可言子陽卻無暇顧及這些。

他被這個不合時宜的笑徹底惹毛了。

「笑什麼？這種情況到底有什麼好笑的？」他雙手緊握成拳，站在雨裡對她怒吼：「知道自己腿傷了還淋什麼雨、跳什麼舞？很浪漫是嗎？摔這一下妳開心了？」

認識以來，管湘第一次見言子陽生氣。

以往，他都是吊兒郎當的，動不動就說些讓人翻白眼的話，從未如此疾言厲色。她本來還想笑的，可看他攢著眉、滿臉戾氣的模樣，她突然又笑不出來了。

他好像真的挺擔心她的。

管湘低下頭看著自己的膝蓋，沒答話，而言子陽望著她被雨水浸溼頭髮的後腦，非常生氣。

做錯事的人，被他吼了幾句，還覺得委屈了？

他伸手，有些遲疑地頓住，並抬頭瞧了瞧下著雨的夜空，想起幾個月前從矮牆上把管湘拉下來的那天，也是這麼下著雨的。

也許……

他把手又伸向管湘的手臂，顫抖著一抓——抓住了。

很好。

言子陽迅速蹲下，將管湘的左手拉到肩上，接著扶住她的腰，一把將人拉起來。

「能走嗎？」他暴躁地問她，「需要抱妳嗎？」

管湘被他問得一時懵了，「……不用，我能走。」

他扶著她進了花棚，讓她在木椅坐下。管湘挪好了位置，發現言子陽很快就把手從自己身上抽走，於是突然想起了什麼。

「你……」她看著他呆問，「不是不喜歡別人碰你的嗎？」

他神情凝滯了幾秒，然後一屁股坐到了木椅的另一端。

「是啊，非常討厭，」他斜睨著她，眼裡的憤怒還未完全退去，「所以關於剛才的行為，妳最好有個合理的解釋。」

管湘眨了十幾秒鐘的眼睛，一句話都沒說。就在言子陽不耐煩地又準備罵人時，才見她突然低下頭，用差點就被雨聲蓋過的極小音量問他：「你知道從我們第一次見面至今，過了多久了嗎？」

言子陽頓了頓……要她解釋她的行為，她反倒考起他來了。

可他還是耐著性子算了一下，答道：「三個多月吧，怎麼了？」

「正確地說，是九十五天，」管湘說，看著他又問：「那你知道這九十五天裡，我去了復健中心幾次嗎？」

這一題，言子陽是真的給問倒了。

她的確偶爾會在來頂樓的時候向他說起復健的事，但也不到能讓他掌握她總共去了幾次的程度。況且她鋪陳這些，究竟是想要說什麼？

他搖搖頭，只等她繼續往下說。

「我總共去了八十七次，」管湘撥開沾了水而黏在臉上的頭髮，「這八十七次裡，我因為復健太辛苦而哭了四十六次、回家之後發誓再也不要去復健三十九次，還有，我遇見我的主治醫師二十六次……每一次我都問他，如果我拚了命復健，能不能好起來？能不能回去跳舞？就算只有百分之一的機率？」

她停住，耳邊只有大雨傾落的聲音。

「他說『不能』，」管湘垂下眼，「這個答案，到昨天為止我聽了二十六遍。」

聽完她的話，言子陽感覺自己心臟鈍鈍地痛，像有誰拿東西敲打著。一般人被這麼否決一次就夠難受了，這傢伙到底是多固執，居然還問了這麼多次。

「就像你說的，我是在為難自己，」管湘笑了一下，很淺地，「我很死心眼，就算已經聽了二十六遍，我還是想試一試……或許，是醫生判斷錯了呢？或許我的腿其實會好呢？」

她就是不見棺材不掉淚，從小到大，邢華不知道說過她多少次，而這次，她也已經用自己的腿去證明了，李朝明是對的。

言子陽對這答案不甚滿意，雙手環胸、一雙眉毛擰在一起，「妳難道就沒有想過，今天這一摔，可能會害妳以後都不能好好走路，到時候別說轉科了，妳真的只能休學……原本我以為妳只是邏輯不好，現在看來，妳連基本的判斷能力都沒有。」

夜風呼呼吹過，全身溼透的管湘縮緊身子，感覺有溫熱的水珠從臉頰上滾過。

「我只是想要死心，」她咬緊牙根，一字一句道，可即使用盡力氣，都無法阻止眼淚像雨滴一樣啪嗒啪嗒地掉下，「我想要認清事實，想要痛到極點、痛到不得不放手……痛到讓自己相信，原來這世界上有些事情，是再怎麼努力都沒有用的。」

本想說什麼，言子陽卻頓住了。

有些事情，是再怎麼努力都沒有用的……這句話，讓他想起了過去某一刻的自己。

他突然就理解她了，還有方才跌倒時，她臉上的那一抹笑是什麼意思。

那是她真正死心了、放棄了，還有如釋重負的笑。

誰也沒再開口。

不久後，雨停了，空氣裡瀰漫著一股泥土被打溼的氣味。

言子陽看著管湘，一副全身都被雨淋過的狼狽模樣，可眼裡卻有大夢初醒的澄明。他知道不必再勸了，因為她已經替自己做好了決定。

「妳的腳，要不要緊？」他的目光落在她的膝蓋上，「需要去處理一下嗎？」

管湘搖搖頭,「只是關節不穩定,過幾天就會好的。」

這時打了晚自習結束的鐘,四周開始慢慢湧出嘈雜的人聲。

「我該回去了,」管湘扶著木椅站起身,對他說:「趁現在沒下雨。」

言子陽也站起來,嗯了一聲。

她邁開步伐,可走得實在不算穩,在右膝毫無承受力的情況下,她一歪一跛地,像是隨時都會跌倒。言子陽看不過眼,想上去扶她一把,可望了望天,還是把手給放下了。

管湘把這一切看在眼裡,只是笑了笑,「沒關係,我自己可以。」

她知道剛才是因為她跌倒、又下著大雨,他才會硬逼自己來扶她,可現在,他終究還是犯了疙瘩。她雖然不知道是什麼原因導致他排斥碰觸別人,卻也明白這種事情不能勉強。

她曾多次猜測他總是翹課躲在頂樓的原因,如今卻也慢慢懂了。

幫不上忙的言子陽,只得站在原地看管湘一步一步、緩慢地往出口去。

然後她突然停下腳步。

「所以,這就是你喜歡那部電影的原因嗎?」管湘突然說,並回頭看著他。

言子陽愣了會兒……沒頭沒腦的,這女人說什麼呢?

「Halliday因為不擅長與人交流,所以創造了《綠洲》這個遊戲,而那個年代,貧窮、飢荒、戰亂,所有的玩家,都是為了逃避現實才會沉迷於遊戲中,包含男主角也是,對吧?」管湘這麼問。

「是……是沒錯。」言子陽嚇了一跳。他還以為她根本沒認真看那部電影。

「如果世界上真的有《綠洲》這個遊戲，」她距離他幾公尺遠，眼睛卻直盯著他，眨也不眨一下，「你是不是也會想，乾脆就活在遊戲裡算了？」

「我……」言子陽有些語塞。

「畢竟在遊戲裡，誰也碰不到你，對吧？」最後她說。

然後留下他獨自站在被雨淋溼的頂樓。

舞蹈科上年度舞展已過，經常被借去練舞或彩排的一般科目，也恢復了本來的上課步調。再過兩個禮拜就是第三次段考、緊接著結業式，這陣子所有人忙著溫書，班上也沒再發生什麼令管湘鬧心的事。

這一日，她趁著上課前來到導師辦公室外。

天氣漸趨炎熱，某些校辦已經開始吹冷氣了。此時導辦的門是關著的。管湘站在門前，手裡緊抓著一張紙，反覆吸氣、吐氣，還是沒舉起手敲門。

突然，她像是想起什麼，從口袋裡掏出手機來，走到一旁無人的樓梯間，撥號。

「喂？」那端很快就接通了，「湘湘嗎？怎麼了？」

管湘深呼吸，感覺能聽見胸腔裡傳來的心跳聲。

「湘湘?」邢華沒聽見回答,又喊了聲,「聽得到嗎?」

「阿姨,」終於,她能擠出聲音來了,「我要轉科了。」

這一回,換那一端沉默了。十幾秒間,只有不遠處樹上的蟬聲。

「是嗎?」良久,她聽見邢華略帶鼻音道:「妳想清楚了就好。」

「嗯。」

「湘湘,我對妳沒有任何要求,」邢華又道,「我只希望妳開心健康地活著。」

這句話是什麼意思呢?管湘反覆咀嚼著。

為什麼她有一種被放棄的感覺?

「阿姨,」再開口時,她的聲音很低很小,「妳——是不是對我很失望?」

講到最後幾個字,那音量幾乎聽不見了。碰巧邢華那兒有人喊了她一聲,約莫是工作室有什麼重要的事情得去處理。

「湘湘,我得去忙了,晚上回家再說,好嗎?」

管湘嗯了一聲,兩人收了線。

她又走回了導師辦公室門前,這會兒掌心似乎都出汗了,手裡的紙又給她捏得皺巴巴。

終於,她抬起手敲了兩下,叩叩。

裡面傳來戴芷的聲音。

「進來。」

第五章　觸動了

剛結束兩堂地理課，管湘把課本塞回抽屜，瞄了眼課表，從書包裡抓了東西往外走。

正值九月，學校裡但凡沒有屋頂遮掩的地方都晒得不像話，越接近中午，地表越像是要冒出岩漿來，只有固定一幫不怕死的熱血青年，下課時會抱著籃球在操場上跑動，其餘的人，能不離開教室就盡量不出去。

這會兒第三堂課，不得已必須換教室上課，管湘才走到半途，額上已經積了汗。好在教室裡都有冷氣，她加快腳步，總算到了位於服設大樓四樓的美術教室。

她是第一個到的。

她拍亮燈，又啟動了空調和電扇，接著在角落選了個位子坐下，把畫本和一個累贅的大筆袋往桌上放。大筆袋裡放了不少東西，除了尋常學生會準備的鉛筆和橡皮擦外，還放了幾隻勾線筆、高光筆，和一整組四十八色的水溶性彩鉛。

這些都是她按網路上的建議買的，是不是符合科裡的規定，她並不清楚。而為了不要落後班上同學太多，暑假時她不僅花了大把時間找資料、做功課，還去上了速成繪畫的課程，盡量打好自身基礎。

原以為這樣的準備已經足夠，事實證明是她小瞧了漢平藝高的服設科。

班上同學三三兩兩地進了教室，在看見管湘已經坐在裡頭時，不約而同都是一愣，接著刻意挑了離她較遠的桌次坐下，並明目張膽地打量著她。

這就是管湘選擇第一個到教室的原因，與其姍姍來遲在進教室找位子的過程中被盯著看，還不如她先躲在角落裡，起碼不那麼引起注目。

在典型服設科的人群裡，管湘就像個小透明。

如果她是輕淡的素描、言子陽是大膽的水彩，那麼她的同學們就是用色衝突又矛盾的普普風漫畫。同樣的制服，每個人可以穿出不同的版型；耳朵上不是釘著的就是掛著的東西，令人目不暇給；眼影比她以往公演時能想到的用色都更前衛；繽紛而惹眼的髮色大有人在……於是她的長直純黑髮及一臉素淨，就成了班上的稀有動物。

周圍的視線灼人，管湘於是低頭翻開素描本，那是她前幾天剛買的，裡頭什麼也沒有，就是一片純白，即使如此，她仍假裝看得入神，連同桌坐下了誰都沒注意。

然後，一陣耳語傳來。

「喂，聽說那傢伙是在舞蹈科混不下去才轉過來的。」

「真的假的，那不等於完全沒服設基礎嗎？」

「真不曉得科主任怎麼會答應讓她轉過來。」

「主任是不是忘了，服設是我們學校入學門檻最高的科啊？」

「……」

類似的耳語自從前幾天開學、老師在台上正式介紹過她以後，就一直沒少聽過。管湘裝作什麼都不知道，繼續盯著她眼前的白紙。沒多久，班導進來了。

班導蔡佑怡，同時兼任他們服裝畫的科任教師，是個出過好幾本教材、一天到晚跑講座的名師。她先是點了名，接著給全班發下練習紙，開始用投影片逐步講解和示範皮革的上色技巧。

管湘捏著筆，時不時就有些出神。

過去她上的術科課，沒有一堂不是用盡全身力氣去跳的，每一堂下來都是汗流浹背，現在突然要她靜靜坐在位子上吹冷氣，她只有滿心的不習慣。

「總的來說，就是利用高光和陰影來表現出皮革的光澤感，這部分要反覆練習……」講解告一段落，蔡佑怡讓同學拿起練習紙和鉛筆，「第四堂課我有講座，你們就留在這裡把圖稿完成，每個人交一套皮革設計上來——下課畫完的先交給小老師，來不及的人週五前給我。」

「唉——」怨聲載道，同學們開始不情願地掏出工具，有人削鉛筆、有人翻圖錄，也有人直接一頭趴在桌子上裝死，教室一下子鬧哄哄地。

這時蔡佑怡邊把投影機關上，邊道：「別忘了，上色要由淺到深，這是定律，不能因為是黑皮衣，就用最黑、最粗的筆一次塗滿，知道吧——何天兵，說的就是妳！」

語畢，全班幾乎都大笑起來。

順著眾人的目光看過去，兩、三張桌子外，有一個深棕色頭髮的嬌小女生，此時正紅著臉、縮著頭，看不清是什麼表情。管湘盯著她的側臉看了幾秒鐘……竟覺得有些眼熟。

刷——

耳邊響起鉛筆畫過圖紙時特有的摩擦聲，管湘回過神，發現同桌的人都開始打線稿了。她趕忙抓起自己的鉛筆，也低下頭來奮鬥。

服裝畫，首先畫的是人，接下來才是衣服。

暑假時，管湘看過好幾個影片教程，也自己練習過幾遍，大約知道該怎麼下筆，但和服設科生累積了一年、甚至更久的功底一比，還是不堪一擊。她畫了又擦、擦了又畫，紙都爛了，搞半天好不容易打出個簡單線稿，還是模特兒姿勢最貧乏、最無聊的那種，可轉頭一看，同桌的都開始上色了。

咬著下脣，管湘不想示弱，於是低頭加快了速度。她按照想要的感覺將衣服的細節勾勒出來，接著擦掉鉛筆稿，用彩鉛逐步把顏色填上去。畫著畫著，她彷彿進入了一種無我境界，完全聽不到外界聲音。

事實上，漢平藝高的學生在內轉時，是必須參加考試的，並非說轉就能轉，這點她一直非常清楚，也因此當初上交轉科申請書時，她已經有了心理準備，要是考試沒能過，就認命地休學。可後來不知道為什麼，轉科考還沒考，她就收到了申請轉科通過的答覆，再之後才輾轉聽說舞蹈科的科主任、戴芷，甚至邢華都出面了，以她過去在舞蹈科戰功赫赫的貢獻來和服設科主任交涉，望他免去管湘的入科考試。

所以同學們說她什麼，她一點反駁的底氣都沒有……她確實就是靠關係進來的。

距離下課鐘響還有五分鐘時，管湘終於把圖畫好了。她吐口氣，放下筆看看四周，發現其他同學早就都畫完了，正在嬉鬧聊天，且同桌同學的作品，目光所及，儘管只是個皮革練習畫，可各個畫工非凡、設計獨到，一看就是尖子生的水準。

至於她自己……管湘低下頭。

為了趕在時間內畫完，她有很多細節都沒能顧及，跟其他人的比起來，她的倒像個半成品，而且還是畫到一半被人拿去隨便塗鴉的那種。

才這麼想，耳邊便傳來了嗤笑聲。

「畫了那麼久，可畫的那是什麼啊？」

「我妹的隨筆塗鴉都比她這好看。」

「真的假的，妳妹幾歲啊？」

「四歲，哈哈哈哈……」

管湘收拾著東西的手頓了頓，但最後還是面不改色地把色筆都塞回筆袋。

她初來乍到又沒有半點底子，會有這樣的結果也是早就料到的事。

默默收拾完，她伸手輕輕點了點隔壁同學的肩膀，「請問，小老師是哪一位？」

那人沒說話，只用眼神瞟了瞟靠近門口的那一桌。

同桌一共坐了六個人，不過管湘倒沒有費太多力氣去分辨誰是小老師，因為只消一眼就能看出來——金棕色的長捲髮、完美的全妝，那股特別幹練的氣質，以及她面前那疊其他同學繳上來的練習紙。

管湘起身、頂著眾人的目光交作業去。

本以為交了就算完，沒想到小老師看了她的畫一眼，竟噗哧一聲笑出來。管湘正要轉身的腳步一頓，只得停下，輕輕一瞥那人制服上的繡字。

「同學，妳是來搞笑的嗎？」那人掩著嘴正笑得開心。

看來這個小老師是想指教她一番了，管湘深吸一口氣，決定承下來。

「我的畫……有什麼問題嗎？」管湘禮貌地問。

顏以郡輕輕甩了甩她的圖紙，特別不屑，「妳這畫的是女人嗎？肩寬、手腕和大小腿的形狀，都壯得像個男人；再來，腰該是人體軀幹最窄的地方，反之臀部最寬，妳連這基本概念都沒有，怎麼敢下筆呀？不知道的人看了，還以為我們漢平服設要沒落了呢？」

她的音量不算小，話落，周圍一陣哄笑。

「抱歉，是我練習不足，」管湘自知技不如人，面對顏以郡的奚落也沒生氣，只是伸出手欲拿回自己的畫，「我再回去改改吧。」

「別把這裡當成收容所，沒地方去了就擠進來，」顏以郡語氣裡的輕蔑再明顯不過了，「這裡可沒有妳想的好混。」

管湘不說話，只是用平靜的眼神瞧著顏以郡，雙方一時僵持不下。

這時，下課鐘響了，看熱鬧的人群捱不過生理需求，紛紛收了東西準備去買飯。顏以郡微勾起嘴角一抹笑，把練習紙隨便扔在桌上，帶著勝利者的姿態離開了教室。待管湘回到座位上，鄰座的人早走光了。她慢吞吞地整理東西，直到教室只剩下她一個人。

或者說，她以為只剩她一人。

鴉雀無聲中，一本書被放到她面前。管湘抬眼——是那個課中被老師點過名的女生。

她轉了轉思緒，「妳是……何天——」

「我、我叫何天瑜。」大概是怕她會說出那個令人啼笑皆非的綽號，女孩迅速接口。

「妳好，」她淺淺一笑，「我是管湘。」

「我知道妳，」何天瑜戴著圓框眼鏡、綁了兩搓小辮子垂在肩上，身材十分嬌小，說話時兩頰泛著酡粉色，也不知道是害怕還是害羞，「我在Brittany K的服裝秀後台見過妳。」

管湘微微瞪大眼——這麼一說，她可想起來了。

她望著她，「……妳是那個二之一？」

何天瑜不好意思地笑了，「對，是我。」

管湘愣了半晌，「好……巧。」

「這本書，是班導出版的人體畫入門教材，我們高一的時候用過，」何天瑜推了推圓框眼鏡，認真道：「人體結構的確是服裝畫的基礎，如果不夠熟悉，就沒辦法畫出好看的效果圖。」

管湘伸手拿過那本書，大略翻了翻，裡頭均是人體骨架、比例的詳細分解。

「雖然這樣，我始終相信美感才是這領域的一切，會不會畫畫倒是其次。」何天瑜搔了搔頭髮，有些難為情地說：「像我，就是標準的服設砲灰，既不會畫畫、也沒有所謂的美感……」

突如其來的自白，弄得管湘一時不知道說什麼好，只能看著她。

「但是妳不一樣啊，在那次服裝秀妳已經證明過自己了……老實說，看妳在服裝搭配方面這麼有主意，我真的好羨慕……」何天瑜說著說著，臉頰又微微紅了，「雖然妳的基礎還跟不上本科生的程度，但後天很難要求的審美和品味這塊，我覺得妳不輸她們……所以不要氣餒，人體結構畫不好，真的不是絕對的事……」

聽她說著，管湘笑了起來，指著那本書的封面，「那妳又為何拿這個給我？」

「我、我只是想……」何天瑜的頭低垂了下去，「如果妳希望讓自己更紮實一點，可能會需要的。」

這是開學以來，管湘在這個科裡感受到的僅有善意。

她把書和自己的素描本疊在一起，誠懇道：「謝謝妳，天瑜。」

結果何天瑜的臉又紅了起來，「不用謝，我其實……那天在後台聽了妳和Brittany K的對話，我就好想認識妳……只是真的沒想到妳會轉來我們科裡，說真的看過妳的表現以後，我相信妳一定很快就可以追上大家的……我、我很好奇妳會有什麼樣的作品，妳一、一定要加油……」

管湘看著何天瑜通紅的臉，靜了幾秒鐘。

過去，她在舞蹈領域裡接受過很多這樣的讚美，甚至比這更浮誇的彩虹屁都有，當然有部分是看在邢華的面子上說的。由於從小到大聽得太多，她已經習慣了，連難為情都不會有，多數時候的反應就是一句謝謝，然後轉身離開。

不過此時她想了想，抬起頭來。

「妳餓嗎？」她似乎很久沒這麼笑過了，「我們去吃飯吧。」

只見何天瑜的臉又更紅了，就像一顆立正站好的番茄。

下午第一堂課上的是立裁。

如果說服裝畫課，是看過幾部教程、就能大約領略三到五成的領域，那麼立體裁剪便是屬於理論到實作之間，相隔了約莫一光年的技能。

管湘和何天瑜一起去學餐吃了頓飯，席間聊了不少——雖然大多是何天瑜說、她負責聽，但面對了幾日普遍不善待她的同班同學們，管湘還是挺珍惜這樣的午飯時光。

兩個人一聊就忘記時間，待趕到立裁教室時，已經上課好幾分鐘，老師雖不見人影，同學卻幾乎到齊了。教室後方堆放器材的角落，幾個人正在把人台搬回自己的位子旁。

何天瑜帶著管湘走過去，發現人台只剩下一座，頸部的標籤標著名字。

「啊，這是我的……奇怪，我記得有多一個的，」何天瑜搔著頭四處張望，「本來多的那個給妳用剛好……上哪兒去了？」

管湘隨著她的目光轉頭，一眼就看見顏以郡身邊放著兩座。她們走上前，正好聽見對方在和同桌抱怨人台底座不穩的事。接到管湘詢問的眼神，顏以郡臉上堆起了笑。

「抱歉啊，我原本的這座好像壞了，我想試看看這個沒人用的，如果用起來不錯，以後就換過去。」她說著一邊往新的人台貼上標示線。

管湘面無表情道：「那壞的這台給我吧。」

「可能不行耶……」顏以郡刻意揚著笑，「我怕我用不慣新的，所以想兩座輪流試試看，用過了再決定。」

「妳、妳太霸道了！」何天瑜漲紅了臉，甚至比當事人還激動，「都給妳用了，那、那管湘用什麼？」

大概是她鮮少站出來反駁什麼，長得嬌小、氣勢又弱，周圍的人都只是大笑。

顏以郡指著教室另一角，「那裡還有一座，不如妳就用那個吧？」

管湘隨著眾人一起轉頭望向角落，正瞇著眼看，就聽見身邊傳來幾聲會心的笑。

那兒的確放著一座人台，只是看上去非常老舊、還積了層厚厚的灰，彷彿許久沒有人用，但這些都不是重點，重點是——那是個男款人台。

漢平藝高，乃至於國內如今設有服設科的高中，全都是主攻女裝，也因此包括管湘在內，所有人都知道顏以郡這是赤裸裸的刁難。

管湘迎著對方挑釁的目光，兩人好一陣子沒說話。何天瑜看不過去了，拉拉管湘的手，膽怯道：「湘湘，不然妳和我一起用吧，待會再請老師幫妳訂一台新的——」

「沒關係，」她斷了她的話，平靜道：「我就用那座沒人用的吧。」

管湘轉身，沒有半點猶豫地走向那一角，何天瑜著急地跟在她身後，把自己的人台也搬了過去，兩個人就這麼躲在教室角落裡。

很快地，老師來了，所有人安靜下來上課，教室裡漸漸只剩下平板低沉的講課聲。

課中，何天瑜推了推她的手肘，用氣音問：「湘湘，妳幹麼不告訴老師、讓老師來作主就好了，妳搬回這個人台也用不了啊？」

剛才腦袋一熱就嘴硬的管湘，此時冷靜下來也有點懊悔，不過她想了想，反正自己是個菜鳥，是這週還是下週開始碰人台，在她眼裡是差不多的。

於是她對何天瑜露出淺笑，低聲道：「沒事，先專心上課。」

這堂課教的是魚尾裙的製法，管湘看著老師像變魔術一樣，利用人台、記號筆以及幾根針，最後是剪刀，轉眼間就把成塊白胚布做成了裙片，這過程於她就如宇宙怎麼就誕生了那般高深玄妙。

她心裡沒有底，咬著筆頭問隔壁的人：「天瑜，老師這是在做什麼，妳看懂沒有？」

何天瑜一直專注做筆記，渾然忘了身旁還有個拿到男款人台的菜鳥。她轉過頭，正想細細給她解釋，老師卻突然宣布開始裁樣，一下子所有人都起了身，各自忙碌。

「湘湘，妳零基礎來學立裁，真的太勉強了，而且妳用這個人台，也做不了魚尾裙啊。」何天瑜將管湘從座位上拉起，替她把針包掛在手腕上，「好在老師平時對我們很放任，基本也不出作業的。不然我先教妳一些基本的吧——不過這個人台實在太髒了，得先擦一擦才行。」

於是兩個人合力把人台收拾乾淨，何天瑜就這麼手把手帶著管湘從頭開始學。

事到如今，管湘才了解什麼叫隔行如隔山。過去的她都是從網站上訂來成衣、自己土法煉鋼加工成舞台服，可那距離真正的製衣畢竟還是太遠。曾經以為做過幾套洋裝就是有點基礎的自己，真的是太傻太天真了。

一小時下來，她的腦袋裝滿了各式測量的術語，另一方面還得兼顧手上的操作，幾次不留神，都用針戳痛了手。何天瑜雖然看起來害羞膽小，可糾正起管湘來卻一點都不含糊，為了一條腰線沒和桌面保持水平，已經要求她重貼了無數次。

打仗一樣。

「好啦，這樣就差不多把結構都標出來了。湘湘，妳學得很快呢。」何天瑜讚賞地看著管湘的成果，突然面露可惜，「不過下禮拜老師替妳訂的人台到了之後，妳還得重貼一次就是了，畢竟男生和女生的人體結構可是完全不一樣的……」

管湘滿額頭的汗，暫時不願去想下次上課一切都得從頭來過的事。她吁口氣，抬手拍掉人台肩膀上的灰塵，突然有一種似曾相識的感覺。

這個肩膀的厚度和寬度，讓她想起了言子陽。

管湘手裡的動作慢了下來，問：「天瑜，為什麼科裡不教男裝？」

何天瑜正裁著手上的胚布，想了想答道：「可能……是因為做女裝比較有出路吧。」

「……是嗎？」

「是呀，」何天瑜挺起嬌小的身子，答得很天真，「女生的錢比較好賺嘛。」

兩人相視而笑，管湘低頭收拾起桌上用剩的工具，只聽見何天瑜又喃喃一句：「可是Brittany K做的也是男裝……唉，可惜我永遠也不會變成她。」

她說這話時，管湘正瞧著自己上午被退回來的服裝畫作業，就夾在素描本裡，露出了一個小角。

她伸手抽出來認真看了幾眼，又轉身瞧了瞧身旁的男款人台，腦袋裡突然閃過一個大膽的想法。

她從材料櫃拿來了標籤，寫下自己的學號和姓名，接著把標籤貼在人台的脖頸處。

轉頭看去，整個教室都是女人身形的米白色人台，就只有她這一角，立著個肩寬、腰窄的黑色男款人台，本應該覺得心慌或害怕，可看了半天，管湘居然覺得挺有感覺的。

「湘湘，妳別發呆了，幫我剪兩塊布吧，」何天瑜拉了拉她的手，把剪刀遞給她，「剛才為了教妳，我進度都落後了……妳就拿那兩塊樣布去描吧，記得留一公分的縫份喔。」

管湘按著何天瑜說的，替她裁了剩下的裙片，然後看她把布料交疊著、推進了縫紉機，來回幾遍，魚尾裙的外觀便大致有了。摸著裙襬的波浪，又翻了翻車縫處，管湘瞄了一眼班上其他同學的進度，突然覺得哪裡不對勁。

「等等，妳是最晚開始做的，可是卻做得比誰都快？」管湘將半成品拿起來仔細打量，忍不住驚嘆道：「而且這做工一點都不馬虎，妳……」

這是在她面前紅著臉、說自己是服設砲灰的女孩嗎？

何天瑜不好意思地搔了搔頭，「被妳發現了，其實我、我偏科挺嚴重的，沒什麼設計細胞，但是按表操課的打版和裁縫，算是做得還可以……可能是因為從小看我媽媽幫人修改衣服，再不懂的東西，看過幾百次也肯定會了呢……」

她這番話說得雖平淡，卻帶給了管湘不少刺激。

「這可不是『還可以』的程度，」管湘拎起那塊半成的魚尾裙，認真對何天瑜道：「每個人都有自己擅長的事，妳不用羨慕我。」

看何天瑜赧紅著臉傻笑的模樣，管湘算是領悟了，那就是現在的她需要大量的練習。如何天瑜所說，看過幾百次肯定能會的東西，沒道理她拚命練習還學不會。過去她是怎麼駕馭現代芭蕾的，如今依樣畫葫蘆就是了。

下課鐘響，老師教材一收就離開了教室，餘下同學不約而同紛紛站起來伸展筋骨。對設計科的學生來說，一連三堂立裁也是高二課表中最地獄的部分，好在接下來只有一節班會，熬過了就能放學。

管湘筋疲力盡地回到教室，何天瑜跟在她身後，興高采烈地把東西都搬到了她隔壁。她是轉科生，原先就按照蔡佑怡的吩咐坐在最後一排的空位，鄰座也沒人，如今何天瑜要來作伴，她自然不會反對，只是……

「不說一聲就換位子，可以嗎？」管湘看著何天瑜整理抽屜，問道。

「別擔心，沒事的啦，」何天瑜把課本放好了，又鋪上自己的桌墊，「我們服裝設計科什麼沒有，就是自由最多了。妳看，科裡准我們染頭髮、改制服、穿耳洞……區區一個換座位，他們才不在乎呢。」

……說的也是。

管湘坐在位子上往四周瞟了眼，一片繽紛七彩的髮色就跟調色盤一樣，且依照她開學至今的觀察，班上有一半的人每隔幾天就會換一個髮色……她懷疑，蔡佑怡根本不會費心去記他們的座位表。

放心地收回目光，管湘瞧見何天瑜把什麼東西放進了透明桌墊的夾層中，好像是張照片。她好奇地湊近，冷不防被照片裡的東西嚇得抖了一下。

「……安娜貝爾？」她不敢置信地說：「妳把安娜貝爾的照片放在桌墊下？」

「哈哈，嚇到妳啦？」何天瑜不好意思地吐吐舌，解釋道：「這算是我的特殊癖好吧？喜歡看鬼故事、恐怖片，也喜歡研究鬼怪幽靈、外星人、五十一禁區等等。」

想不到看上去膽小的她，興趣卻這般「大膽」。

管湘眨眨眼，笑容僵硬地說：「呵呵……人各有所好嘛。」

不久後班導進了教室，她走上講台敲了敲黑板示意大家安靜下來。

「今天的班會課，主要有兩件事情要宣布，第一，是學校的期末展從今天開始收件，截止日期是期中考前一週……大家應該沒有忘記，投稿到期末展的作品，同時也算作你們術科期末考的成績吧？所以記得要在時限以內把東西交上來。」說著，蔡佑怡又指示前排的同學把講桌上的一疊紙發下去，「第二件事，就是關於你們高二下的服裝秀。」

管湘還在消化期末展作品同時作為術科期末考成績的這件事，茫茫然接過前排遞過來的兩張A4紙。

「剛發下去的兩張紙，一張是服裝秀的細項規定，另一張是報名表，每一個人都必須參加，」管湘剛要細看拿到的資料，就聽見蔡佑怡說：「再次提醒各位，漢平服設的傳統和他校有點不同，高二期末服裝秀的表現直接佔去你們學期總成績的百分之四十五，所以不可以敷衍對待，知道嗎？」

管湘無聲地倒抽一口氣，「高二就辦服裝秀？還佔總成績將近一半？」

何天瑜湊到她耳邊悄悄說：「這就是為什麼漢平服設的學生在各個頂尖藝術大學這麼搶手的原因，別的藝高要麼三年都不辦、要麼等到高三畢業了才辦那麼一場，我們學校倒是年年都辦……他們是要逼我們早點上軌道呢。」

「年年都辦？」管湘瞪大了眼。

「對啊，而且每年服裝秀的第一名，下學年的學費可以獲得全額補助喔。」

管湘語塞了會兒……這也真大手筆。

「妳看這個，」何天瑜說著翻出手機裡的幾張照片給管湘看，「高一結業展的時候，我們每個人都必須幫自己做一套衣服、還得親自上台走秀。那一次的服裝秀評分，也決定了升上高二以後的座號——唉唷，一想到當時的狀況，我就好想挖個洞躲起來……」

管湘皺眉，「發生什麼事了？」

「當天服裝秀開場的時候，風特別大，我又錯選了太軟太輕的布料，結果一上台，我的長裙就被風吹起來、把上半身和臉完全遮住了……」何天瑜說著再度滿臉通紅，而管湘彷彿身臨其境地看到那場慘劇，「因為看不到路，我在台上摔了一跤，後來就成了三十二號……」

管湘表示理解地點了點頭，目光瞧見自己桌角上貼著的號碼：三十三號。

她是這學期才來的轉科生，理所當然會成為最後一號，也就是說，她這個名義上的車尾和何天瑜這個實質上的車尾，兩個人坐在了一起。管湘無奈地嘆口氣……她們這個組合，真的是好不吉利啊。

「學期末以前，要把報名表交上來，」蔡佑怡將上繳期限寫在黑板右側，邊道：「內容必須包含服裝企劃、理念、初版服裝畫三套，還有預計的模特兒人選——附件裡的同意書，給對方簽名之後，一起交回來。」

沒多久放學了，何天瑜趕著回家裡的裁縫店幫忙，鐘一打就先走了，管湘一個人走出服設大樓，手裡還抓著方才班導發下來的資料。儘管只是兩張薄薄的A４紙，加起來還不到十克重，此時卻有如千斤，壓著管湘的心口、讓她喘不過氣。

於是她錯開往校門口蜂擁而去的人潮，轉身一步步爬上了坡。

不知從什麼時候開始，一有心煩的事就去美術大樓頂已經成了她的習慣，連同在頂樓看見那個一天到晚睡著的人，也是這個習慣的一部分。

不過此時見到言子陽，管湘還是有點詫異的。

尤其是他居然醒著，正屈著腿在木椅上吹口哨。

夕陽光中，他周身像被鍍了一圈橘色的邊，把輪廓都模糊了，乍看，竟有點不真實。

「都放學了，你怎麼還在這裡？」她問。

言子陽轉過臉來，瞧見管湘蒼白的神色、手裡還抓著一疊紙，嘴裡的口哨硬生生停下，接著反應很大地從椅子上跳起來。

「妳！」他特別激動，「又想幹麼了妳？」

管湘愣愣地看他，「……我沒想幹麼，就上來吹吹風。」

聽了她的話，言子陽呆滯了好一下，然後有些挫敗地坐回木椅上，「嚇死我了。」

管湘不解，「……誰嚇你了？」

「妳！就妳，」他抬起頭，委屈地控訴：「上一次妳帶著一張紙、這副表情上來頂樓的時候，差點就出人命了！現在居然還敢問誰嚇我……」

管湘傻愣了幾秒，接著噗哧一聲笑出來。

「有什麼好笑的？」言子陽瞪她。

她不答，只是在另一張木椅坐下，閉上眼，瞬間有鬆了一口氣的感覺。

就像跑來頂樓散心的習慣不知何時有的一樣，言子陽的存在總讓她能在高壓的現實生活中偷偷地喘口氣，這也是不知道從哪一刻起產生的感覺。

「妳老是苦著一張臉上來，」這時言子陽在一旁碎碎念，「就從沒看妳笑著來找過我……唉，原是我命苦，不配看到妳高興的樣子。」

這話又讓管湘想笑了。

她睜眼，心平氣和道：「等哪天我在服設的日子好過一點，你就有機會看到了。」

言子陽歪著頭看她，「怎麼？轉科不順利嗎？」

「是啊……基礎太弱、術科太難，而且同班同學都極度不友善，」管湘說著把手裡的紙扔到一邊，仰頭去看頂上的乾燥花，「唉，早知道就休學算了……」

「休學個頭，」言子陽想也不想地反駁，「當初我可是千方百計才把妳騙去Brittany K服裝秀上打工的，妳可別半途——」

「嗯？」管湘低下頭，瞇著眼看他，「你剛才說千方百計什麼？」

「我——」發現自己說漏了，言子陽張著一雙眼和嘴，「我、我什麼都沒說……」

鬼才信呢。

管湘不懷好意地站起來，伸出自己的右手緩緩靠近他。

「從實招來，不然我要摸你了啊。」

其實她也就是說一說，就算言子陽打死不招，她也不可能真的去碰他——不能拿一個人的疾病或者罩門來開玩笑，這點分寸她還是知道的。

只是沒想到這一招對言子陽如此奏效，一聽她說要摸他，他的臉瞬間變得煞白。

「別，別摸我，」他整個人往後縮，幾乎都要嵌進椅子裡了，「我說就是了。」

管湘這才作罷，回到方才的位子上。

原來，當初言子陽半拉半哄地讓管湘去補了服裝助理的缺，說是為了拿公關票去看服裝秀，竟是說謊騙她的。

「我根本不需要票就能進場，」他喃喃地說，「要公關票幹麼？」

管湘呆了呆，「那……那你為何要騙我？」

言子陽突然就認真起來，問：「妳忘了那天秀開場前，我和妳說過什麼了？」

那麼久之前的事，怎麼能記得？

管湘努力回想，就想起了一句：「……讓我好好體會後台的『有趣之處』？」

「嘖，不是啦！」本還想感性一下，被管湘這一搞，氣氛都壞了，言子陽無奈的說：「我不是和妳說，那天有可能是妳人生重要的轉捩點嗎？」

唔，好像有這麼回事。管湘點點頭。

「是不是真成了轉捩點，我不知道，但當初我是抱著這樣的心態騙妳去的。」言子陽側過臉不看她，自顧自地說：「看電影那天，妳在人台前搭配衣服的時候，我突然就想起了某個設計師——就是那種果斷又有主見的樣子。」

一番話，管湘聽得迷迷糊糊，沒答腔。

言子陽頓了頓又道：「後來妳說，這世界讓妳看到的都是絕路，我就想，也許妳只是太傷心了，看不見其他的路，既然如此，若我舉手之勞能為妳開一條，或許……」

到此，言子陽說不下去了，耳根浮起了一層淡淡的紅暈，只是碰巧日落山頭、光線暗下來，才沒讓管湘看出。

「你的意思是……」管湘就他話裡的意思反覆推敲一番，才終於明白過來，頓時心底有些觸動，「你用那些藉口騙我去服裝秀打工，只是為了讓我找到第二條路？除了跳舞以外的路？」

「是，也許當初沒有騙妳去，妳在發現自己不能跳舞以後依舊會死心，但如果讓妳休學了，難保妳哪一天不會又做出傻事……」言子陽轉頭，向她投來灼灼的目光，「人不能失去生活重心太久，否則很可能像我一樣，我……」

以為言子陽就要說起自己這什麼也碰不得的病是何來，管湘專注地盯著他。

前者於是吞吞口水，無奈笑道：「……我不就不太正常嗎？」

唔，看來還不到時候，好吧。

管湘眨眨眼，將方才他的話又思考了一遍，心底泛起層層漣漪。

居然……有一種被保護著的感覺。

「總之，好不容易踏上的路，別輕易回頭，妳——」言子陽正說著，哪裡卻傳來嗡嗡聲，「呃，妳的手機好像響了。」

管湘忙從口袋裡摸出手機來。

看見螢幕上寫著「邢阿姨」，她足足遲疑了三秒才接起，「喂？」

「湘湘，放學了嗎？」

「剛放。」

「那妳直接來工作室吧，」邢華的聲音帶著一點點疲憊，「晚上一起吃個飯。」

管湘愣了會兒，「……妳回來了？」

「是呀，剛下飛機，準備搭車回去了。」背景傳來車門關上的聲音，又聽她道：「湘湘，妳晚上想吃什麼？我先訂餐廳。」

管湘低下頭，本來因為言子陽而好轉的心情，此時又有點低落，「都好。」

「那好，一會兒工作室見。」

收了線，管湘將服裝秀的報名表收進書包裡，懨懨地站起。

「我得走了，」她垂著眼，連看言子陽一眼的勁都提不起，只道：「很晚了，你也快回家吧。」說完便離開了頂樓。

言子陽愣愣地看著她的背影，「好不容易才哄好的……她又怎麼了？」

管湘搭上與回家方向相反的公車，前往邢華的工作室。

她倆上一次見面，已經是三個多月前。

那日管湘為了轉科的事打電話給邢華後，週末她就帶著舞團飛出去了，一去就是三個月。中間兩個人雖然通過電話，但次數並不多，她忙著巡演、管湘忙著考試和學畫，誰也不清閒。

當然，某部分來說也是管湘刻意避著邢華，打來的電話三通裡只接一通、訊息五則只回覆一則，用的藉口多半是學畫很忙，事實上有沒有那麼匀不出時間，只有管湘自己知道。

進了工作室，裡頭只有大廳開了盞燈，其餘地方都是暗著，而邢華正背對門口、站在落地窗前講電話。大約一起巡演的舞團成員下飛機後就各自回家，只有邢華來了工作室。管湘悄悄走進去，把書包輕放在沙發上，耳邊聽見邢華與電話那頭的人說著什麼。

「妳別再給我東約西約了，我不會去的。」

「對方條件再好，和我有什麼關係？」

「這麼多年來妳給我安排這麼多對象，我哪一次去見過了？」

「這和我滿不滿意無關，純粹是我沒有這方面的心思。」

「我帶舞團夠忙的了，如今還要看著湘湘，沒時間去想那些事。」

「我等會兒要陪湘湘吃飯，不和妳說了，再見。」

切斷通話，邢華轉過身，只看見沙發上扔了個書包。過一會兒，管湘從廁所關了燈出來，一邊拿紙巾抹著手，一邊整理瀏海。

邢華把手機收進口袋，「湘湘，妳什麼時候來的？怎麼不叫我一聲。」

「剛到，看妳在講電話就沒吵妳。」

「我訂了樓下的飯館，現在下去剛好，」邢華抓起櫃子上的手拿包，「走吧。」

工作室樓下的飯館做的是道地又精緻的家常菜，邢華除了帶管湘來之外，也經常請工作室的員工或舞團成員一起來吃飯，不僅菜的味道好、價格實惠，還很重視顧客隱私，每一組座位都有單獨隔間，人多還能訂包廂。

身為半個公眾人物，邢華挺喜歡這點的。

她選了個角落的四人桌，熟練地把菜點了，服務生剛把菜單拿走，她就見管湘支著頰，一語不發地往窗外看。從小到大來過這麼多次，這是她一直沒改掉的小習慣。

因為是平日，上菜並未等太久，幾道簡單的炒菜、兩碗飯和一鍋湯，一下子上齊了。邢華催管湘多吃點，可管湘食不知味，明明桌上的菜都是她喜歡吃的。

終究，她還是憋不住。

「妳為什麼不去？」

邢華夾著菜的筷子一頓，「去哪裡？」

「相親、聯誼、拓展人脈──我不知道你們大人怎麼稱呼那種事。」管湘說。

邢華輕輕笑了下，「我對那種事不感興趣，也沒有這個需要。」

「是妳不感興趣，」管湘抬起眼直視她，「還是因為我，所以妳不願意？」

氣氛稍微凝滯，邢華睜大了眼看她，「湘湘……妳在說什麼？」

管湘把筷子放下，深深吸了一口氣。

「為了栽培我，妳已經十幾年沒有自己的人生，可是現在的我不能跳舞、也做不了妳的接班人了，所以，別再把時間浪費在我身上，」說著，管湘突然覺得喉嚨一陣痠疼，可她強忍著穩住聲線，「去相親、去交男朋友，去找個新的生活重心吧。」

這是她第一次和邢華說出心裡的話，但卻不是什麼好聽悅耳的內容。

兩人之間於是有了長達一分鐘的沉默。

良久，是邢華先開了口：「妳認為……我這些年這樣帶著妳，是因為我希望妳能做我的接班人，是嗎？」

「除了這點，我想不到別的原因。」管湘不冷不熱地說，「我從不喊妳『媽媽』，也不與妳親近，可妳一點都不生氣；我花了妳這麼多學費、還讓妳費體力、時間親自教我，可到目前為止除了幾面獎牌，我什麼也沒賺給妳，妳卻沒有半點怨言……若不是圖我將來能回報妳更多，怎麼可能如此無私？」

她喘了口氣，垂下眼睛又道：「人，都是有私心的不是嗎？」

邢華愣愣地看著她，啞口無言的樣子，管湘只當她是被說中了心聲，所以無從辯答。

一頓飯吃得這樣尷尬，也不是她願意看到的結果。管湘拿衛生紙隨便抹了嘴，背起書包，「我吃飽了，先回家。」

剛站起身，就被邢華叫住：「湘湘。」

管湘停住腳，卻不回頭，耳邊又聽得邢華開口：「湘湘，我從來沒想過要妳回報我什麼，是看妳小時候還算喜歡跳舞，所以才一路帶著妳。妳學得好，我當然高興，可學不好，我也不會怪妳……在我心裡，沒有事情比妳覺得快樂更重要，如果沒辦法跳舞，就去做其他能讓妳感覺快樂的事，不需要總想著回報我對妳的栽培……只是一點舞技、一個不上不下的地位，沒人繼承也沒什麼的。」

管湘站在那，突然覺得連呼吸都沉重，也不知道邢華說的是實話，還是只為了寬慰她。

「既然這樣，妳為什麼從來不交男朋友、不談戀愛？」多年的疑問，管湘終於在今日問了出口，「朋友介紹給妳的對象，妳不要；李醫生陪著妳這麼多年，妳也不愛……單身十幾年了，如果不是為了我，又是為了什麼？」

對管湘來說，親生父母走得太早，給她留下的回憶並不多，但從家裡的相簿、和別人口中偶爾提起的片段，她知道她的父母感情非常要好，也因此她一直認為，人的一生最終就是要找個相愛的人、找個好歸宿，她也是、邢華也是。

見到邢華這些年持續孤身一人，她壓力甚巨。

所以她一直不容許自己做不好。舞步記不住，就多跳幾次；當不了第一名，就拚命練習；動作做不到，痛得哭了也要把筋拉開……她負了誰的期望都可以，就是不能負了邢華投注在她身上那麼多年的光陰。

可如今再不想負，也只得負了。她只希望趁一切還來得及，讓邢華趕緊找到陪她的人。

聽完管湘的質問，邢華也站了起來。

「我之所以一直單著，不是因為妳，」她的聲音裡有一股篤定，彷彿終於下定決心要說些什麼，「是因為我早有了深愛的人。」

管湘愣了愣，隨後咬住下唇，只當邢華是說謊騙她的。

「既然不是因為我，妳為什麼不和對方在一起？」

「我們沒辦法在一起，因為她已經不在了，」邢華苦笑著垂下眉眼，「而在這世界上她唯一留下的紀念品，現在就在我眼前。所以我哪都不會去，也不會和別人在一起的。」

這段話說得饒口，管湘聽得不耐煩，「妳到底在說什——」

等等。

不知道為什麼，身體似乎比大腦更快接收到邢華話裡的意思，管湘開始不住地顫抖，即使握緊了拳頭、咬緊了牙根也無法停下。

是她……心裡想的那樣嗎？

用極慢的速度把頭轉過去，管湘直直地看著邢華，眼神似乎是在確認什麼。

邢華點了點頭。她的身體似乎也顫抖著。

「我愛的那個人，是妳的母親。」

第六章　理解了

「妳……」蔡佑怡手裡抓著練習紙，抬起眼看她，「這是什麼意思？」

管湘一張臉面無表情，只是溫順地回答：「就是老師看到的意思。」

地點是服設科的導辦，蔡佑怡坐在位子上，管湘站在她面前。室內開著冷氣，往窗外望一眼，還能瞧見滿花圃的日日春，花瓣和尋常的日日春不同，是大片杏白的瓣染著可樂紅色的芯，頗符合服設科與眾不同的氣質。

以前在舞蹈科時，戴芷的導辦管湘三天兩頭報到，不過轉科後，這是她第一次來找蔡佑怡。

對方顯然對她的決定感到非常不解，「妳——要做男裝？」

管湘不說話，只是點了點頭。

蔡佑怡放下手裡的圖紙，上頭畫了兩套她上回交代的皮革設計作業，上色技法或整體線條勾勒還算差強人意，只是看慣了女性服裝畫的她，陡然收到肩寬膀粗的男性人體圖，還是嚇了一跳。

「管湘，妳應該知道……作為轉科生，妳的程度和同學差很多吧？」

「知道。」

「那妳也知道，我們科裡沒有男裝課程吧？」

「知道。」

蔡佑怡攤開了手，「那妳為何堅持做男裝？妳不想畢業，是嗎？」

「老師，」管湘抬起一雙清澈的眼神看她，聲音不大，卻清楚而堅定，「妳知道Brittany K是幾歲開始當設計師嗎？」

「呃，」蔡佑怡語塞了會兒，「快四十吧。」

「那妳知道，她本科學的是什麼嗎？」

「……不知道。」

「是美術。」管湘淡淡地說出答案，靜了會兒又道：「老師，我真的會很努力的。」

這是兩個問答句就想說服她的意思嗎？

蔡佑怡攢著眉，心情上卻有種快要被說服的奧妙。

「妳願意努力，老師當然高興，但是——妳可以努力和大家一起做女裝啊，」蔡佑怡勸得苦口婆心，「科裡關於男裝的資源這麼貧乏，妳……為何要特立獨行？」

「老師，服設科本來就是個特立獨行的存在，」管湘望向窗外，日日春正隨薰風不斷搖晃，像一團團火焰，「你們允許染髮、改制服、穿耳洞，難道卻容忍不了一個想做男裝的學生嗎？」

蔡佑怡不敢置信地瞪著她。接下來的幾十秒，兩相無語。

「管湘，妳以前學的是跳舞嗎？」蔡佑怡搖搖頭，轉而又拾起她的練習紙，「妳很有辯論的天分，應該加入辯論社。」

管湘不答話，但她知道蔡佑怡已經動搖。她正認真審視著她的服裝畫。

「嗯……好吧，比我預期的好一點。」蔡佑怡手裡轉著原子筆，斟酌道：「但是跟一個本科高一生比起來，還是有些距離，妳明白我說的是什麼意思吧？」

「明白。」

「其實，當初決議是否讓妳入科的會議，我也有參加。」蔡佑怡抬起頭，臉上的笑有些無奈，「從妳前班導、前科主任口中，我已經了解到妳是個怎樣執著的人，所以不打算再勸妳，接下來該怎麼做，我相信妳自己也很清楚。」

「是。」

唉……不只執著，還很省話。

蔡佑怡嘆口氣，開始給管湘做一個全面科普：「圖書館四樓應該有不少男裝的書，妳可以參考著；沒事多看雜誌、服裝秀，把相關的知識補齊全；立體裁剪、縫紉什麼的，妳可以找天瑜教妳，她做得不錯；至於服裝畫……沒有捷徑，就是大量練習，看要描圖還是自創都可以，素描課不要缺，日常生活中有現成的模特兒更好。」

幾秒鐘內說了那麼多，管湘逐一記下，說完後，蔡佑怡就揮手讓她走了，只是她才轉身走到門口，又聽見她喊了她的名字。

「本來我是想告訴妳，以妳的程度，要比班上同學多付出兩倍的努力，」蔡佑怡往後靠著椅背，有種特別疲憊的感覺，「現在我得修正一下數據，妳得付出四倍的努力——如果妳要做男裝的話。」

也不知道為何，明明已經定案的事，到最後關頭她還是想嚇嚇管湘，期望她反悔。

「好。」管湘卻只是這麼乖巧答了。

蔡佑怡也深知管湘不可能改變心意。

於是她說：「能進我們服設二A的，全都是這個年紀最有潛力、最優秀的學生，我對他們一向要求高並且嚴格，這一點，不會因為妳是轉科生而有所不同，同樣也不會因為妳資源少、範例少，就對妳放寬要求，希望妳能明白。」

然而進來了半晌，管湘卻第一次笑了，笑容輕輕的，如水般寡淡。

「我知道了，老師。」

午休時，管湘搬著她的畫板和畫具，一鼓作氣爬上頂樓，在花棚裡找到了言子陽。艷陽高照之下，這傢伙居然還睡得著。管湘搖搖頭，輕手輕腳地放下畫板架好，然後埋頭削起鉛筆。

那日蔡佑怡說，日常生活中能有個現成的模特兒最好，管湘知道她的意思是，能有個讓她描摩身體型態的男子，誰都行。一開始，她想過李朝明，也想過邢華工作室裡幾個男職員，當然，最好還是她舞團裡面的男舞者，身體線條漂亮又會擺姿勢。

可想著想著，她就明白自己在犯蠢。

美術大樓頂每天不就有個現成的模特兒躺在這嗎？她居然還想捨近求遠？

真是笨死了。

削好鉛筆，她就按著言子陽睡覺的姿勢，開始打起草稿來。先是圓圓的、長長的幾個粗略線條，接著再按輪廓一點一點的詳細和加深。天有點熱，蟬聲也大得躁人，不過管湘一旦投入眼前要做的事情，什麼也無法打斷她，這是以往跳舞練出來的絕佳專注力。

當然，如果打斷她的，是她正在描摹的物體，那就不能相提並論了。

當蟬聲一波越過一波、越疊越厚時，總算把木椅上的睡美男給喚醒。他翻了個身、就這麼把臉探到了陽光下。當光照和熱氣同時聚集到他臉上時，他的五官皺成了一團。

可即使是這樣，依然很好看，甚至一天一天地，讓她覺得越來越好看。

心跳的節拍不知怎麼有點亂了，管湘的鉛筆頓在半空中，直盯著言子陽撐起身子，半瞇著眼睛看她。

好半晌，她才回過神。

「躺回去。」她命令。

言子陽還沒睡醒，瞇著眼、皺著眉，滿臉的莫名其妙，「什麼？」

「讓你躺回去，」管湘用筆敲了敲畫板，「我還沒畫完呢。」

「……流氓啊妳，」言子陽特別無語，卻還是乖乖按她的話躺回木椅上，「好端端地不在教室吹冷氣，跑來頂樓戶外寫生……假文青嗎？」

「我要做男裝，班導讓我多練習人體臨摹。」管湘答得簡潔，死盯著言子陽的喉結看。

模特兒本人被看得不自在，輕咳了聲，「……那妳好歹也問問我願不願意吧？」

管湘不理他，畫完了喉結正要往下，蹙眉道：「把手放回肚子上，剛才不是這個姿勢。」

言子陽嘆了一口氣，側過身把臉塞回了陰影下，道：「在我的模特兒經紀約裡，這算是勞務的一種，要付錢的，妳知道嗎？」

看來她不知道，而且也不想理他。

刷——是鉛筆劃過圖紙的聲音，節奏時快時慢，很快地被淹沒在洶湧的蟬叫聲中，言子陽一邊聽，一邊感覺睡意慢慢襲上來。他白日本就多眠，現下被迫躺著什麼也不能做，少不了神思又得在見不見周公邊緣徘徊。

突然，大片蟬聲斷了，周圍一下子安靜下來。

言子陽動了動眼皮，就聽見管湘說：「你一天到晚在這睡，畢得了業嗎？」

「我爸是校長，妳說呢？」

「喔。」

「……不巴結我嗎？」

又是一陣靜默。

描畫半天，管湘終於進入後半收尾，不須再看模特兒，便道：「你可以起來了。」

嘖……這女人，當他是狗嗎？

汪汪。

言子陽憤怒地坐起來,頭髮亂得像個鳥窩也不管了,轉頭正想懟她幾句,可一看見她專注作畫的側臉,突然又沒了心情。他坐到她身邊,照例隔了一個人距離,瞧她在紙上塗塗改改的,筆下的人物漸漸被細節凸顯了出來。

那是他自己……原來在她眼中,他是這個模樣。

言子陽無聲地勾了勾嘴角,覺得挺喜歡眼前這幅畫面的……說不上來,是喜歡她筆下的自己,還是更喜歡專注作畫的她。

開始不用看模特兒以後,管湘更是畫入了無我之境,一雙眼就再沒從畫紙上離開過。言子陽知道打擾不得,也只能在一旁看著、等著,直到見她在畫布上某個小角落,簽上自己的名字。

「行了。」管湘收起畫筆,將圖紙拿起來端詳了會兒,露出還算滿意的表情。

言子陽朝她伸出手,「肖像授權費。」

管湘懶得理他,搖搖頭,「要錢沒有,要命一條。」

「妳連命都沒有,妳這條命還是我救的,」言子陽嗤之以鼻地說,成功讓管湘愣了好一下,他於是腆著臉向她討要:「不付錢的話,就把畫送我。」

「這畫得又不好,」管湘銅牆鐵壁般拒絕,把畫放到身側收好,「等我畫出滿意的作品,再送給你。」

言子陽唉了好大一聲,還垂下臉,「妳那麼龜毛,我得等到什麼時候?」

「說的也是,」管湘點點頭,「不如你每天都讓我畫一張?這樣我很快就能出師了。」

轉頭，只見她瞧著他，兩隻眼睛裡摻了點期待和淘氣，就好像……心情很好。

「奇怪，怎麼感覺妳和前幾天不太一樣？」言子陽思考時的習慣動作，就是拿手指頭捏住下巴，裝出一副深沉的模樣，「前幾天妳還蒼白著一張臉上來，說什麼來著？唔，基礎太弱、術科太難、同學不友善？又說早知道休學算了……今天是怎麼了？被雷劈？」

「你才被雷劈。」管湘瞪他一眼，把筆放回畫板上，想了想以後說：「也沒什麼奇怪，就是想開了。」

言子陽立刻露出邀功的笑容，「是因為我那天的傳教達到效果了？」

「當然不是。」管湘皮笑肉不笑，呵呵了一聲。雖然他騙她去打工的事，確實感動了她，但是……「我之所以想開，是因為那天回去以後發生的事。」

「回去以後？」言子陽問：「什麼事啊？」

「就是……」她看著遠方天空，實在太亮了，便瞇起眼。

就是邢華告訴管湘，她愛的人是她母親的事。

那一晚，邢華從自己房裡翻出一本相簿，裡面所有的照片都是管湘沒看過的，除了母親，照片裡還有邢華的身影，從國中的班級大合照開始，兩人同班、甚至總是隔壁座位，到高中的校外教學、畢業旅行。大學時邢華考上舞蹈系，管湘母親去的則是文學院，但兩人還是不時在對方的人生留下痕跡。最後一張照片，是在母親的婚禮上，她們看上去非常親密，就像是好了一輩子的那種閨密，可卻又……不太一樣。

「我媽……她也愛妳嗎？」翻著照片，管湘輕輕地問。

邢華揚起了一抹淺笑，「我——從來沒有問過她。」

在那個年代，社會還不允許她們相愛，邢華又是個公眾人物，少不得連談論這份愛的權利都沒有。這段感情就這麼一直以友情的名義藏著，直到有一方先結婚了。

「所以，妳就這麼看著她嫁給我爸？」管湘不敢置信——不是說愛她嗎？

邢華點點頭，表情裡一點後悔的成分都沒有，「與其兩個人在一起不被眾人祝福，不如至少看著她幸福，因為妳母親，是真的愛妳父親呀。」

聽著她的話，管湘把相簿翻到最後。婚禮上，父母穿著婚服，邢華站在母親身側。那照片看上去，就像是一般婚禮送客時的紀念合影，可管湘專注地看著，母親站在三個人中間，她的右手勾著父親的手臂，而她的左手，緊緊地牽著邢華。

她們，十指緊扣著。

「湘湘，也許妳認為有了感情就必須相愛、女人一輩子必定要找個好歸宿，但其實，人生有很多事情，不會只有一個答案……這句話，好多年前我對自己說過，如今也送給妳。」邢華的手特別珍惜地撫過相片，對她說道：「我單身這麼多年，不是因為妳，而是因為我愛她，我想要好好珍藏這份心意……畢竟她已經不在了。」

人生有很多事情，不會只有一個答案……類似的話，好像誰也對她說過吧。

那一夜，她哭過，邢華也哭了。誰都沒有多解釋一句，好似什麼誤會都沒解開，卻又像是什麼都解開了。

管湘把那晚發生的事回憶了一遍，覺得整顆心都變得柔軟。

她轉頭，很認真地對言子陽說：「小到做男裝或女裝、選擇跳舞或服裝設計；大到這輩子愛誰、愛男人或女人，又或者，夢想和愛情哪一個優先……這些事情，是沒有標準答案的，也許會有很多解，也許沒有解……」

管湘難得感性，其中也有部分話語戳中了言子陽的心。

他一時說不出話，呆呆地看著她。

「你……你怎麼啦？」管湘被他瞧著有些不好意思，「幹麼這麼看我？」

眼前的人回過神，眨眨眼、然後清了清喉嚨，「咳……沒什麼。」

管湘笑了笑，拍掉手裡的橡皮擦屑，「總之，現在我明白人生沒有標準答案這件事了。曾經我太執著於舞蹈，覺得那是我人生的唯一解，現在想想，或許服設也有可能是……但不管是不是，如果不全力以赴，是找不到答案的吧？」

一束陽光穿過花棚的縫隙灑在兩人之間，言子陽突然覺得……

管湘實在太耀眼了。

這股悸動來得突然，他有些不適應，忙低下頭來，假裝感動拭淚。

「妳能這麼想我實在太欣慰了，不枉費我當初拉妳一把。」

「這話你今天已經提了兩次，是不是想敲竹槓呀？」管湘斜睨著他，雙手環胸道：「說吧，想我怎麼報答你？」

言子陽樂呵呵地笑，指著她身側說：「那張畫送給我。」

紙上畫的人是他，怎麼想都應該收藏起來才對。

可管湘仍一口回絕，「除了這件事以外。」

「那……」言子陽捏著下巴、噘著嘴，思考良久後說：「妳做套衣服送我吧。」

他是模特兒，而她正在成為一名設計師的路上，這要求應該不算過分。

沒想到管湘突然「呵」一聲笑了，那笑聲，聽得言子陽毛骨悚然。

「……妳幹麼？」

「不如你還是把這畫拿去吧。」

「為什麼？」言子陽狐疑地看她，「突然改變主意，裡頭肯定有詐。」

「沒為什麼，」管湘支著臉頰淡淡道：「只是覺得送套衣服太便宜你了。」

言子陽不服氣地跳了起來，「話不能這麼說啊，生命無價妳懂不懂？」

「我懂，可是……以我現在的程度，做一套衣服給你，可能要花半條命？」方才說起理想面還頗有幹勁的管湘，此時談起現實面，不由得氣餒了，「大家都說服裝畫是服設基礎，要我好好練習，所以我日也畫、夜也畫，畫到都麻木了，覺得自己好像只是一個素描著色工，不是一個設計者。」

言子陽眨眨眼，一時無語……管湘很少一次說這麼多話的。

然而她還在繼續，「我們科裡的工坊沒有男裝的工具書和雜誌，得去圖書館借，借來的又不能剪下來，只好去書局買，可學校附近的書局為了配合科裡大多都是做女裝的，也沒進多少男裝的書，所以我只能跑到很遠的……」

「好好好，我懂了，」言子陽害怕地舉起雙手，「妳的意思就是說，妳要做一套衣服真的是太——不容易了，對吧？」

管湘覷他一眼，「剛才說的還只是服裝畫的部分而已。」

更可怕的實作，她還沒有那個餘力去應付。

連續幾天，她在課餘時間不斷地仿作網路上找到的服裝畫，試著掌握男體比例，每晚都熬到凌晨三、五點才睡，簡直累得慌，昨日也是如此。

於是管湘轉頭就在木椅上側躺下來，枕著自己的筆袋，「好睏。」

言子陽回到自己的那張木椅，不發一語地看著倒在那兒的管湘。

她的臉依舊白，不過這會兒給太陽晒得微微泛紅；純黑色的髮絲看起來又軟又細，大部分被她塞在了耳後，卻仍有幾絲漏網之魚貼在臉頰上。她的眼睛閉著，整個人蜷成一團，像隻蟲。

從前的管湘總是拘謹，有時連坐著有沒有抬頭挺胸都很在意，如今卻敢不顧形象地躺在他面前，搞得言子陽不知怎麼地也有些觸動。

她是對他完全卸下了心防，還是……只是真的很累了呢？

他知道這種累，和過去她練舞的累不太一樣。

忍住伸手去撈垂在她臉上髮絲的衝動，言子陽淡淡道：「別太拚了，我怕妳這麼緊繃下去，很快就厭煩了。」

凡事過猶不及，大概就是這道理。

「厭煩倒是不會……練舞這麼辛苦，不也是練了好多年了嗎？」管湘沒睜眼，像是說著夢話：「我只是還有點迷茫。」

「迷茫什麼？」言子陽歪著頭。

管湘卻突然睜開眼睛坐了起來。

「請問這位Brittany K的頭號迷弟，按你入坑的深度，肯定知道她設計衣服的初衷和理念吧？」她看著他，用記者的口吻問，甚至假裝舉了個麥克風伸到他面前，「能不能具體地給我們說明一下？」

言子陽看著她滑稽的模樣失笑。

「唔，據她在採訪上說的，」他攢著眉回想細節，「是關於……灰色地帶的美感？」

所謂灰色地帶的美感，就是不那麼極端、不那麼純粹的美。

Brittany K的主專業雖然是男裝，卻不喜流於刻板印象。許多被認為只能用在女裝的材料或表現方式，她都會試著挑戰加入自己的設計。她討厭所有無法動搖的定義，認為任何事物都會有灰色的模糊地帶，而那就是她的靈感來源。

言子陽解釋完，管湘卻好像更茫然了。

「大設計師的腦袋，果然不是我們凡人能理解的。」她說。

「採訪裡說，這個理念是來自她的人生經歷，」言子陽把雙手戳進褲子口袋，又是那副深沉的樣子，「大學時，一名男同學因為喜歡穿女裝而被霸凌；學服設時，常有人告訴她非本科出不了頭、要她趁早放棄；還有懷孕以後，丈夫要求她只能在家裡相夫教子……這些都曾經被她融入過設計裡。對她來說，人生沒有『非怎麼樣不可』的事。」

管湘瞪著眼……Brittany K這番理念還真是帥氣，完全跳脫了傳統的框架；可她同時也想起了邢華、想起那天她告訴她的話。

「果然靈感還是要由生活和經歷淬鍊而來啊，至於我……」管湘想到下學期服裝秀的報名表上，那格始終空白的「創作理念」，不禁感到無力，「我一個高二生，怎麼樣才能從經歷獲得靈感？」

她過去的人生經歷簡直百無聊賴，除了跳舞，還是跳舞。

「是妳還沒想到，不代表沒有……妳肯定也有只屬於自己的經歷和感悟吧？」言子陽的腦袋枕著手，整個人沐浴在陽光裡，「就算沒有，又如何？難道設計師不能只是看著誰、覺得他穿什麼樣的衣服好看，就把衣服做出來了嗎？反正剛才妳自己也說了，有很多事情並沒有標準答案。」

管湘心裡叮的一聲，好像有誰替她打開了一盞燈。

「總之，別太看輕自己了。以前台步訓練的時候，老師最常說的一句話就是：『你要相信自己，相信你穿的每一套衣服都會因你而發光』，」言子陽說著，嘴角翹起好看的笑容，一雙眼也好似盛滿了水一般溫柔，「那也請妳相信——這世界上會有個人，因為穿了妳設計的衣服而閃閃發光。」

奇怪……管湘不動聲色地摀住胸口。

言子陽說的又不是什麼曖昧的情話，為何她的心如此鼓譟？

陽光從他背後灑下，他鬆開手，理了理方才睡醒後亂翹的頭髮，側臉看上去如雕像一般稜角分明，儘管只穿著一身普通的制服，這畫面卻美得管湘呼吸困難。

她開始不住地想，要是她能替他做出一件毛呢大衣、西服，又或者是軍裝呢？

下一秒，要走什麼樣的版型、用什麼樣的原料，都已在腦海冒出雛形。

「你！」管湘突然指著對面的人。

言子陽被嚇了一跳，「……幹麼？」

為理念和靈感苦惱了這麼久，沒想到這個偶然在頂樓遇見的男孩，他……

他竟是她的繆思。

她再也不要去仿作那些網路上的服裝畫了……從今往後，她只畫他。

見管湘遲遲不回應，還紅著一張臉，言子陽有些擔憂道：「沒事吧？這是中暑了？」

「你別動！坐好，」管湘拿起了紙和筆，「保持剛才那個姿勢。」

被命令的人在位子上愣了一下，發現自己又進入無償勞務的循環。

這女人還說他想敲竹槓呢。

額角於是爆出一小條青筋，「……妳這才是敲竹槓。」

管湘沒理他，紙筆一抓，人又進入了無我之境。

看著她打起精神的模樣，言子陽不動聲色地勾了勾嘴角。

這天放學後，管湘第一次去科裡的工坊前排隊。

站在人龍中，前頭還有六、七個人，她看了看手錶，也不確定能不能排到。

雖說都是念服裝設計的學生，但大多數人，例如管湘，家裡都不備有專業的縫紉機，像何天瑜這樣父母從事相關行業的，畢竟還是少數，也因此學校工坊中白日用來授課實作的幾十台機器，放學後就開放服設科學生免費使用。

不過免費的東西，通常都需要排隊。

因為工坊沒有限制使用時間，並固定於晚上九點斷電關門，因此能不能排上、排上了能用多久，都是掌握不了的，唯一能掌握的，便是放學後早一點過來排隊。

管湘發著呆，跟著隊伍緩緩前進了一格。

開學至今也已經過了快三個月，她在這段期間，好不容易把那差科裡學生一大截的畫工給慢慢補上，如今她的服裝畫，終於達到了班導能認可的程度。然而，服裝畫並不是服設科的全部，她此時才要開始面對立裁、縫紉等功課，也就是所謂的製衣實作，也不知道能不能趕上交期末展的作品。

良久，總算讓管湘排到了位置。她在機台前放下東西，想著距離和何天瑜約定的晚餐時間還有半個多小時，全用來練習的話，也算不無小補了吧。

抬眼看看四周，到處都是奔走或埋頭努力的人影，有幾個是同班同學，但大多是高三的學長姊，各個臉上苦大仇深、掛著一雙熊貓眼，大約也是在為了期末作業苦惱——聽何天瑜說，高三的期末作業會規定實作題目，難度相對高很多。

回過神，管湘拍拍臉，拿出準備的廢布料，開始練習。

比起那些已經熟悉的人，管湘的操作實在笨拙，對車機的掌控度也很低，想車直線，那線在她手底下推出來就跟蟲似的歪七扭八；想車曲線，那線也不聽使喚，總在她意料之外的地方轉彎，最後車成了四不像。

管湘倒不氣餒，專心低著頭，反覆練習、再練習，直到帶來的廢布料都用得差不多，時間也快到了。她吁了口氣，上針、抬壓腳，把線尾拉出來，接著將所有東西團成一團，扔回自己的袋子裡，起身離開。

她走後，在她附近幾桌的高三學姊們八卦地聚到了一起。

「是她嗎？那個轉科生？」

「啊？妳說靠關係進來、還特立獨行想做男裝的那個？」

「好像是吧。」

「天啊，就她那個技術……縫個枕頭套都勉強吧？」

「不過她真的好認真練習，才幾十分鐘，那廢布都車爛十幾片了。」

「要是我高二的時候有她認真，現在就不會那麼廢了吧。」

「哈哈哈哈……妳這叫少壯不努力，老大徒傷悲……」

「……」

窸窣的談話聲夾在裁縫車的運作聲中，沒有傳得太遠，不過坐在一旁的顏以郡，倒是聽得一清二楚。她垂下眼，把手裡的紗裙從車機裡拉出來，面色不悅。

「以郡，妳怎麼啦？」同班的小梅坐在隔壁，察覺了她的低氣壓。

「這才過了幾個月，那傢伙的服裝畫程度，居然已經可以和我們班後段的人一比了，還真是不簡單啊。」顏以郡咬牙切齒。

小梅寬慰著道：「不過就是後段，又趕不上妳，不用擔心。」

「妳懂什麼？能進我們科裡的學生，即使是倒數，放眼全國也是極優秀的人才，」顏以郡啐道：「而她，就是個半路出家的，憑什麼躋身這群科班之中？那我們從小學素描練筆的，豈不是都白學了？」

小梅不知道顏以郡為何有這麼大怨氣，可長期作為她的跟班，又不敢輕易得罪，只好陪笑著道：「那她也不過是服裝畫尚可，其他技能還是很菜，妳沒聽學姊說嗎？她縫個枕頭套都還太勉強。畫圖門檻低，誰都可以練，可是實作，卻沒有那麼容易呀……」

從服裝畫到實作，這之中的距離有多遠，過來人的她們可是最清楚不過。

收掉紗裙的線頭，顏以郡想了想小梅的話，這才冷靜了些。

「妳說的也有道理，」她冷著眉眼，檢視自己手裡平整近乎完美的車線，「且看她期末的作品表現得如何吧。」

每週一，是何天瑜家裡裁縫店的公休日，只有這天，她不必放學就趕回家，因此和管湘約了一起吃晚餐。

管湘踏進學餐時，已經不是晚自習學生的用餐高峰時段，裡頭只稀稀落落坐了幾個人。她抬眼掃了一圈，很快就找到了何天瑜，那個特別嬌小、紮了兩根麻花辮的背影。管湘悄悄走近，發現何天瑜左手捧著飯碗、右手握著筷子，正看手機看得入神。

她拉開她身邊的那張椅子坐下來，隨口問道：「看什麼呢？那麼認真。」

何天瑜被她嚇得抖了一下，好半晌才緩過來，替她拉過一個餐盤，「妳來啦？快吃吧，還好我先幫妳買了，不然妳現在才來，廚房都收了。」

管湘道了謝，便拿起餐具開動，並隨意往何天瑜放在桌上的手機一瞥，見那黑底白字的畫面有些眼熟，便道：「妳在看我們學校的論壇啊？有什麼八卦嗎？」

何天瑜搖了搖頭，「八卦倒是沒有，只是我最近有點無聊，在找媽佛板上的靈異故事看……可惜最近大家都太忙了，沒什麼新的故事，都是幾個月前的了。」

「是嗎？」管湘從盤裡夾了片青菜放進嘴裡，百無聊賴地問：「有什麼有趣的？」

「唔，大部分都沒什麼爆點，不過有一個關於美術大樓頂的，還挺毛的。」

管湘手上的筷子一頓，「……美術大樓頂？」

「嗯，就……幾個月前吧，有兩個美術科學生想上頂樓去研究那個乾燥花棚——聽說那是好幾屆以前美術科的學長姊參加全國景觀設計大賞的得獎作品，才會作為紀念擺在那裡——結果其中一個女生，在頂樓摔了一跤。」

「啊？摔了一跤？」管湘詫異，「……該不是摔死了吧？」

「怎麼可能？」何天瑜道。

「所以就是摔了一跤？」管湘咬著筷子問，「這算哪門子鬼故事啊？」

「唉呀，我還沒說完嘛，」何天瑜譴責地白了她一眼，「因為那天她們上去時正下著大雨，美術大樓頂又鋪了木棧道，本來就容易打滑，所以當時那個女生跌倒了也沒多想，只當是自己不留神滑倒了，結果沒想到……」

「沒想到怎樣？」

「沒想到她回家以後，腳踝居然多了片瘀青，而且……」何天瑜越說越小聲，搞得管湘不得不湊近她才聽清，「那片瘀青，看起來就像一個掌印。」

想到那畫面，管湘打從腳底毛了起來。她轉頭，不敢置信道：「不會吧……」

「所以她懷疑，自己是被頂樓的鬼抓住了腳踝才絆倒的，」說著，她就要拿手機給管湘看，「還有照片為證。」

管湘忙埋頭塞了一大口飯，「別、別給我看，我可不想晚上睡不著。」

何天瑜放下手機笑起來，「妳可真是膽小。」

管湘繼續扒著飯，不理她。

只是轉個念想想，她上頂樓的次數那麼頻繁，怎麼從來就沒碰過什麼靈異故事？更何況言子陽都快翹課住在那兒了，也沒聽他提過類似的事……要是真的有什麼，他想必早就溜了，也不會天天在那裡。

嗯，所以這個故事肯定是哪個未來的作家在練文筆、編出來的吧……管湘點點頭。

「對了，不是說去工坊練車縫嗎？」何天瑜吃著附餐的水果，問：「練得怎麼樣？」

嘴裡塞著飯菜的管湘，語焉不詳道：「唔，蟲……」

「蟲？」何天瑜一頭霧水，「什麼蟲？」

管湘配著例湯把食物吞下，這才道：「我是說，我的車線像條蟲。」

也就是歪七扭八、亂七八糟的意思。

「唉，車縫確實需要紮實的練習，不像手縫，土法煉鋼就好……」何天瑜說著，寬慰地拍拍管湘的手背，「但距離交作業還有兩個多禮拜，妳多練習，一定會越來越好的。」

管湘一笑，「承妳吉言。」

何天瑜也跟著笑了笑，末了又問：「不過妳想好做什麼作品了嗎？」

「西裝吧。」管湘說道。

「哇……完整的男士西裝起碼得包括外套、襯衫和褲子三件組，很耗時的……妳心也真是大呀，不像我們女裝，做個連衣裙省時又省力。」何天瑜念念有詞，最後又問：「但妳怎麼會想要做西裝？有什麼靈感來源嗎？」

「就是——」管湘轉頭，差點就說出答案，但話到了嘴邊還是改了，「因為想不到可以做什麼……西裝經典又實穿，可以參考的範例也比較多。」

「嗯，這倒是，不然妳做男裝實在太弱勢了。」何天瑜點點頭，一下子又抓住管湘的肩膀激動地說：「妳要加油！拿出妳的實力給其他人瞧瞧，不要示弱！」

管湘心不在焉地「嗯」了幾聲，心裡卻不住地想自己選擇西裝的理由。

自從認定言子陽就是她的繆思以後，管湘就真的沒再仿作過其他服裝畫了，她所有的練習都是因他而生，奇妙的是，經常只要看著他，腦袋裡的靈感就源源不絕……日子久了，關於他的身形、氣質、適合的布料、風格，早已布滿她的練習本，也刻在她的腦海裡了。

而這一次選擇西裝，不過是因為覺得他穿起來會很好看，如此而已。

不過，何天瑜並不知道言子陽的事，管湘就沒打算解釋太多。

垂眸，她手上握著筷子，在餐盤裡胡亂攪著。

「湘湘……妳在笑什麼啊？」何天瑜突然問。

管湘愣住，轉過頭呆問：「……我沒笑啊。」

「妳剛剛明明就在笑，」何天瑜拿手戳了戳她的嘴角，「而且那個眼神，溫柔得好像要滴出水……都認識大半學期了，我第一次看到妳這表情欸。」

她……真的在笑嗎？

因為想起了言子陽，所以自然而然地面露微笑？

……不會吧。

「唔，」管湘聳聳肩，放下筷子並拿餐巾擦了擦嘴，「妳看錯了吧。」

「少來，明明就……」

「吃飽了，回家吧。」語落，管湘不由分說地背起包包就走，半晌，何天瑜才慢半拍地反應過來，抓著包包從後頭追上，在她耳邊叨叨地要她解釋。管湘轉頭念她一句：「唉唷，妳好吵。」

兩個人打鬧著經過岔路口時，管湘習慣性地抬頭，往美術大樓方向看了一眼。

也不知道那傢伙回家了沒。

「妳在看什麼呀？」何天瑜抓著她的手臂問，「看，妳又笑得神神祕祕。」

管湘拉著她就往校門口走，嘴角笑意漸濃。

「沒看什麼……回家了啦！」

第七章　確定了

又是一個被立裁課摧殘了三個小時的下午，管湘趁下課去了趟洗手間，打算在待會的班會課徹底放空、養精蓄銳，如此，她晚上才能打起十二萬分精神去面對大魔王。

回到位子上，只見何天瑜抓著一本巴掌大的小書看得入迷，連她回座了都沒注意。

管湘想起學校門口那間便利商店架上就有很多這種小書，一本賣四十九元，寫的多半是總裁、夫人、情婦之類的言情小說，封面清一色手繪的俊男美女，至於內容……唔，她沒有看過，不知道是怎麼樣的內容。

於是管湘突然就起了惡作劇的心思。她趁何天瑜不備，咻一下把書給抽走了。

後者驚嚇地轉頭，見是管湘才放心下來，「嚇死我了，還以為是教官。」

「妳這麼怕被教官看到，該不會……」管湘瞇起眼，「有什麼不該看的東西吧？」

「唉唷，哪有，」何天瑜耳根悄悄泛紅，伸手就要和她搶書，「還我啦。」

「咳，我看看啊，」管湘哪裡肯還她，攤著書頁就何天瑜方才讀到的地方，隨便揀了句對白就念：「『……我自知人鬼殊途，可妳非人又如何？安知我倆就不能在一處？』咦，這個畫風怎麼和我想的不一樣啊？不是總裁小說嗎……」

管湘闔上書，豈料封面上非但沒有俊男美女，還畫著個黑漆漆的大墳墓，《鬼新娘》三個大字躍入眼簾，嚇得她一抖。

「……我早該知道妳的取向與眾不同。」管湘說。

「我才不看總裁呢，」何天瑜嫌棄道，把書搶了回去，「這是人鬼戀。」

「人鬼戀？」管湘攢著眉，一副不敢置信，「人和鬼怎麼戀愛？人又看不見鬼。」

「妳不知道寫人鬼戀題材的可多了，通常會設定男女主角其中一人有陰陽眼，」何天瑜興致來了，拉著她侃侃而談，「不過這本不一樣，它寫的是古代有個將軍被刺客暗算、身受重傷逃進森林裡，差一點死在女主角的衣冠塚上，幸好女主角給他渡了一口氣，方才活下，自此將軍就能看見女主角這個『鬼』了，還替女主角去報她生前的仇……」

「那他們怎麼牽手、擁抱、接吻啊？」管湘好奇，「難不成……借位嗎？」

嗯，想想都覺得有點好笑。

「這個……總是在某些情況下可以做到的嘛，」何天瑜一臉陶醉地說，「例如兩個人情緒的頻率對上了、颳大風、下大雨、鳴大雷，還有就是透過一些儀式，再不然，就是在特殊的日子嘍。」

管湘嘖嘖兩聲，搖頭嘆氣……小說果然就是小說，天馬行空啊。

「看妳這麼閒，想必作品都搞定了？」她問。

「上禮拜就做完嘍，不是跟妳說了嗎？一件連衣裙，省時又省力，嘿嘿。」上課鐘響，何天瑜忙把小說收進抽屜，「那妳呢？西裝做完了嗎？」

「沒，布樣是都裁好了，今天才要車在一起。」她答。

「今天才要車？明天就截止收件了欸？」何天瑜驚呼，不小心喊得太大聲，引得前排好幾個同學回頭。她連忙壓低音量，急問：「妳這幾個禮拜每天泡工坊是泡假的啊？怎麼拖到今天才要車？」

管湘睨了她一眼，從椅子底下撈出個小袋，裡頭就是她的布樣原料。

何天瑜接過去，手裡摸著的布料柔軟順滑、如絲如緞，她馬上就明白原由。

「天啊，妳不只心大選了做西裝，妳連挑料子都很刁鑽。」她把布料塞回袋中，擔憂地看著管湘，「我不是跟妳說過，這種料太軟，車的時候很容易就會歪掉，要一邊車、一邊拉著，很費力的，一旦車壞、要拆開重車，料子上就會有明顯的痕跡……妳怎麼不選挺一點的西裝布，比這個好搞多了。」

「可是，在我心裡這是最襯這套衣服的布料，」管湘傻楞楞低頭，「我不想因為車縫困難，就妥協用其他的材料。」

就因為她的不想妥協，使得這作品的製成難度一下子上升了好幾階，加之布料本身損壞後的不可逆性質，她只得先拿廢布角反覆不斷地練習，只求正式開車時，可以一次成功……這才拖到了最後一天。

「行行行，懂懂懂，」何天瑜感嘆地搖了搖頭，「隨便就妥協的話，妳就不叫管湘啦。唉，這確實很有妳的風格——龜毛！」

「不是我龜毛，我只是想盡力做好。」管湘面色淡淡地說，「我不想得過且過、挑軟柿子吃，然後再聽到有人說，我就是在其他地方待不下去了，才來這裡、把服設科當成收容所……」

面對這種流言，不必多費口舌，最好的方法就是拿出實力來證明自己。

聽了這話，何天瑜有些觸動，又有些心疼。

作為一個轉科生，管湘還真是挺不容易的。

「那待會下課就別耽誤，趕快去工坊排隊，」何天瑜抓著她的手，真心實意道：「祈禱妳順順利利地完成。」

管湘笑了笑，「好。」

她的車縫技術確實在連日來的練習下有所進步，雖然放眼一整班的尖子生之中，還不太拿得出手，報名期末展怕也是淪為砲灰，但她知道凡事講求循序漸進，她的短期目標，是能用這個作品在蔡佑怡那裡拿到及格的期末分數。

至於剩下的落差，她自會用寒假的時間努力趕上的。

課堂上，班導再次提醒所有人，務必要在明天中午以前，把作品交到她那兒。

「我再說一次，期末展是整個服設科三個年級一起收件，所以沒有什麼再寬限幾天這種事，誰要是遲交了，就自己找科主任說去，我可幫不上忙，聽見沒？」蔡佑怡不厭其煩地說道：「還有，忙完的同學不要鬆懈，該開始規劃二下的服裝秀了……設計上有什麼問題，都可以隨時來找我討論。」

台下同學一片嗡嗡嗡地抱怨，頓時耳語紛雜。

此時坐在小梅隔壁的顏以郡突然冷冷地笑了一聲。

「以郡，妳笑什麼？」小梅壓低聲音問。

顏以郡轉頭看她，臉上掛著看好戲的表情，「妳剛才沒聽到嗎？明天就是死線，可有人到現在還沒開始車縫……要是中間出點什麼意外，那可就有趣了。」

聽了她的話，小梅有些害怕，「……妳該不會想搗亂吧？」

顏以郡不置可否地聳聳肩，目光接著落在小梅的素描本上，「畫什麼，我看看。」

也不等小梅同意，她已經伸手把本子搶過。

「那什麼……期末不是要交三套服裝畫和設計理念嗎？」小梅見顏以郡皺眉瀏覽自己的畫本，心底不安漸濃，「我就隨手畫畫，最後再挑幾套比較好的出來。」

其實，她的設計稿幾乎都定案了，只是她不敢說，就怕——

「這套就算了吧，」顏以郡指著某一頁上的畫，「這次成果展我本來就打算要做襯衫料的連衣裙，我不喜歡跟別人一樣。」

小梅的心都沉下去了，低低地「喔」了一聲，顏以郡卻還沒完。

「還有，這個星月漸層紗妳也別用，」她指著小梅寫下的布料備註，近乎命令道：「我打算拿來車在紗裙外面的。」

儘管委屈到了極點，小梅別無選擇，還是只能應了聲：「好。」

看來，她的服裝畫又得從頭來過了。

放學鐘聲一打，管湘沒有拖延，立馬拎了東西飛奔去工坊。想是期中考剛過，趕著做作品、交作業的人變多了，此時在她前面尚有七、八個人在排隊。不過管湘並不擔心，距離工坊關門還有近四個小時，她只要能在七點左右排進去，時間就算充分了。

照目前的排隊情況看來綽綽有餘，肯定沒問題。

可她不知道，問題就出在……顏以郡在這個時候來到了工坊前，管湘發現她的時候，她正和排在自己身後的幾個學姊聊天。

顏以郡是他們這一屆的第一名，各類參展經驗豐富、在科上也是個風雲人物，與上下一屆的不少人都有交情，人脈甚廣，也因此對於她的出現，管湘並不放在心上。

直到她終於準備排進工坊時，被人從身後叫住了。

顏以郡只是喊了聲「等一下」，管湘不確定是不是在叫自己，便緩緩回頭。

「叫我嗎？」她問。

「對，叫妳，」顏以郡說，又是那副來者不善的表情，「妳作為一個小高二，沒看隊伍後面有多少學長姊嗎？天天來跟他們搶工坊，一待就是兩、三個小時，好不好意思？」

她的音量不小，話一出口，整個隊伍瞬間安靜下來，一道道目光落在管湘身上。此刻她蒼白著臉，看起來像隻要被狼群吃掉的白兔。

「可是，工坊本來就是排隊制，只看先來後到……我為什麼要不好意思？」管湘試著平靜地替自己辯解，不想吃虧，可又不希望別人覺得她不禮貌。

畢竟整個人龍放眼望去，九成以上都是學長姊。

顯然顏以郡不打算就這麼放過她，隨即又道：「高三術科課業繁重，耽誤下課時間也是常態，自然會有人無法準時來排隊……妳所謂的先來後到，不覺得有失公平嗎？」

管湘眨眨眼，心涼了半截。

原先排工坊的生態一直都是這樣的，誰先到誰先用，從來也沒人說過她什麼，可如今顏以郡的話一出口，學長姊們臉色各異，看來確實都對這件事產生了疑慮。管湘腦袋有短暫的空白……明明自己是按著規則排隊，可現下要她反駁顏以郡，她卻又做不到。

服設科三年級生，每到這個時候要一面準備畢展、推甄資料、作品集等，還要兼顧本來的課業，時間被壓縮得緊迫，實作量也確實繁重，因此他們成了工坊每天使用的主要人口；至於她……因為她是轉科生、沒有基礎，需要比別人更多的練習，才會日日跑來。

這個是非對錯，她不知道該怎麼判斷。

「學妹，妳就讓我們先進去不行嗎？」此時，排在她後一順位的學姊苦著臉開口：「我還有好多東西要弄，已經三天沒睡了……」

看著學姊烏青的眼圈，管湘心底不忍。她何嘗不知道那有多辛苦呢？

「那……就請學長姊們先用。」她說，接著心一橫，咬著下唇走到了隊伍最尾巴，於是她的排隊順位一下子從第一，掉到了十九。

等到管湘終於能在機器前面坐下，已經差不多八點半了。

然而她卻沒有多大的情緒反應，因為早在重新排隊的過程中，她的心就一點一點涼了，直到這一刻，涼得徹底。

半個小時，絕對不夠她車完那套西裝。

果然九點熄燈時，管湘只完成了褲子，剩下兩個物件都還只是幾片布。她拎著東西，站在人走光的工坊前發呆，昏黃的路燈照出她一臉茫然。她動了動僵硬又冰冷的雙手，不知道自己現在該怎麼辦。

思索了一陣，她想起什麼，連忙低頭去撈口袋裡的手機。

最後的希望，只能寄託在何天瑜身上了。

「天瑜。」聽對面接通，管湘著急地喊了聲。

「嗯？湘湘？」何天瑜回應道：「這麼晚打來，怎麼了嗎？」

管湘不知道該怎麼解釋，猶豫了半天，最後道：「我的作品……出了一點問題，沒能趕在工坊熄燈前車完，能不能……去妳家借機器？我不會打擾很久的。」

「啊？可是……」何天瑜原先的疑惑在下一秒轉為為難，「湘湘，真的對不起，不是我不幫妳，我們店裡的機器禮拜一就送去保養了，還沒送回來，這兩天我媽也沒開門做生意……這也是為什麼我在上禮拜就把作品趕出來，因為……」

原先唯一亮著的路燈也滅了，工坊門口陷入一片漆黑。

管湘什麼都看不見，不管是眼前，還是走下去的路。

「好，我知道了，」她說，聲線極穩，好像不過是想吃的餐點賣完了、店員讓她隔日請早一樣，「謝謝妳。」

不顧何天瑜在那頭還想和她商量對策，管湘下一秒掛了電話。

大概，就到這裡了吧，管湘想。

離開服設大樓，管湘整個人渾渾噩噩。

她知道，其實這一切都是她自己選的。

是她選擇在去年寒假踏上那個舞台、選擇腿傷之後接受轉科的建議、選擇來到服設科、選擇特立獨行地做男裝，也是她，選擇第一份作品就挑戰這麼困難的體裁、選擇把此前的所有時間都用在練習、選擇不提早開始準備……所以最後事情才會變成這樣。

再回過神，她發現自己的手正放在生鏽的鐵門上，用力推開，後頭就是美術大樓頂。

看見那道熟悉的身影時，管湘已經一點都不驚訝了……甚至，她還有一點慶幸，慶幸他在、慶幸她不必獨自一人經歷這絕望的時刻。

正把下巴支在椅背上看夜景的言子陽，聽見聲響轉過頭，只見夜風裡，管湘蒼白著臉，一頭黑長髮在那兒飛啊飛，實在是……很像個女鬼。

「妳……」他抬頭，訝異地問：「這麼晚了，怎麼不回家？」

然而他絲毫不覺得這個問題也該問問他自己。

管湘無神地走到另張木椅前放下東西，頹廢地縮成一團、窩在椅子上。

「不想回家。」她輕聲說。

「怎麼了？」言子陽擔憂地問，「家裡怎麼了？發生什麼事了？」

管湘卻茫然地搖頭。

不是她的家怎麼了，是她怎麼了。

言子陽不動聲色地觀察了會兒，想起管湘上一次在頂樓待這麼晚，是掙扎要不要放棄跳舞的那一天……瞬間他明白，這個女孩，又遇到難題了，而且是特別難的那種。

「妳……」他坐正與她面對面，以顯示自己傾聽的誠意，「沒事吧？」

良久，只見她揉揉眼睛，低聲道：「只是覺得自己好像除了跳舞，什麼都不行。」

語落，花棚周邊傳來窸窣輕響，接著漸漸轉為滴答聲，最後，啪啦——下起大雨。很快地，頂樓瀰漫一股潮溼的氣味，木棧道的顏色也一下子變深了。

言子陽不知道她為何這麼說，只道：「妳才剛轉換跑道，怎麼就知道不行？」

然而管湘不回答他的話，只是抱著膝蓋自顧自地說：「我真的已經很努力了……」

他當然知道她有多努力。

前陣子，她在頂樓替他畫過那麼多張側寫；不在他面前的時候，一刻也沒停地不停產出服裝畫；開學才買的素描本，如今已經畫滿又買了新的；而這陣子她上來頂樓的時間突然減少，是被挪去學校工坊埋頭練習……這些他都知道。

正因為他知道，才更不愛聽她說自己不行。

「Brittany K曾經說過，一個設計師要能真正成熟、隨心所欲地創作，至少需要花十年的時間，」言子陽站起身，有些嚴肅地問她：「來日方長，妳急什麼？」

「我自然知道來日方長，」管湘側臉枕著膝蓋看他，語氣低沉沉地，「可如果我連眼前的門檻都跨不過去，還談什麼十年呢？」

她曾經設想過，最壞的情況就是被當，例如縫紉、例如立裁，她的基礎跟不上，大不了就是寒假重修一遍；可如今她有可能拿不到期末考的分數……若是交上去的作品不好、被嫌棄也就罷，可她卻連個完整的、能交上去的東西都沒有。曾經在蔡佑怡面前信誓旦旦，說自己真的會很努力的話語，如今像打自己的耳光一樣，啪啪作響。

隨著兩人談話，棚外的雨勢越來越大，連木椅的邊緣都給打溼了。

管湘把臉埋進了膝蓋間，良久，又悶聲道：「說實話，有時候真的好想什麼都不管，好希望出了事情，能有個人來替我善後、替我想辦法，而不是總是我一個人在替自己打算、替自己決定……」

在言子陽看不到的地方，她的手緊緊掐住自己，感覺眼角有些溫熱，「我也會有不知道該怎麼辦的時候啊……」

看管湘像隻刺蝟把自己蜷成一球在那椅子上，言子陽的心好像也皺成一團了。

為什麼，他會替她覺得痛呢？

一直以來，她確實都是獨自一人面對這些困境，這些對大部分同年紀的孩子來說、已經重得會讓人喘不過氣的困境，可除了偶爾愁眉苦臉、悶悶不樂，她從未說過放棄，也沒看她尋求過誰的幫助，少數時候在他面前跟養母講電話，都是冷靜要對方別擔心的話語。

他明白，她沒有不行，她只是……

聽著耳邊的雨聲，言子陽的目光落在管湘的後頸，那個在披散的頭髮之中，微微露出一小截的白皙，讓他想起那日她在這裡跳舞的模樣。原以為自己會很快忘記，沒想到，那些畫面竟已經烙印在他的腦海裡。

他轉頭，猶豫了半會兒，便伸出拳頭、用力地擦過花棚的柱子。柱子上滿是乾燥花和固定用的鐵絲，鋒利尖銳。

確實感受到手上傳來的刺痛以後，他走上前，看著管湘低垂的腦袋，伸出手——

輕輕蓋了上去。

「很累了吧……」他低聲說，「辛苦了。」

總以為自己一直在經歷最辛苦的事，可看著管湘，他才知道，並不是。

感受到頭頂的重量，管湘緩緩抬頭，見言子陽左手戳著口袋、右手放在自己的腦袋上。兩人四目相對的瞬間，一道閃電照亮了夜空，伴著隨即而來的轟響，像個警鐘一樣打在他們的心上……這一刻，他們好像都在對方的眼神裡，找到了自己要的。

管湘的眼淚不知道什麼時候掉了下來。

言子陽不說話，只是挪了挪手，替她遮住眼睛。

「哭吧，」他說，並別開頭，「就算很醜，我不看就是了。」

言子陽的手很冰、很涼，就好像再燙的眼淚落在裡頭都可以一瞬間冷卻。管湘瞪著眼前被刻意遮擋住的黑暗，感覺緊綳的心一下子有了出口，於是放心哭了出來。

言子陽沒有轉頭看她一眼，可光就手心的觸感，便知道她流了多少眼淚……而她的哭聲一直被藏在雨聲之後，直到雨勢漸漸轉小。

這時的管湘除了肩膀偶爾還會一抽一抽的，已經不哭了。

言子陽把手拿開，戳回了口袋，然後轉身回到本來的位子上。

幸好雨沒有完全停下，他想。

「以前，我走台步沒什麼自信，還駝背，經常被老師罵，」言子陽想了想，說：「後來老師告訴我，走台步的時候，得拿出自己最擅長、最自豪的特質。」

管湘抹了抹眼睛、抽抽鼻子，「……那你最擅長自豪的是什麼？」

「呃，」他頓了頓，實話實說：「臉。」

片刻，管湘噗哧一聲笑了出來。

「笑什麼，」他不滿道，「我很認真。」

好吧，他是長得好看，要說自己最擅長自豪之處是臉也沒什麼錯，只是……

還是覺得很好笑。

「總之，我不知道妳在煩惱什麼，也不知道妳為什麼說自己不行，」言子陽雙手戳著口袋、目光灼灼地看她，「但我相信妳一定有自己擅長、自豪的特質，而那個特質到底是什麼，妳肯定比我清楚。」

在我眼中，妳很好，所以不要總是看輕自己。

管湘愣愣地看他，哭過以後，腦袋變得有些遲鈍。

她最擅長自豪的特質……是什麼呢？

小雨持續下著，空氣裡有一股潮溼而澄淨的氣味。

突然，管湘跳了起來，「天啊，我為什麼沒想到！」

言子陽就這麼看她著急地背起書包、拎起袋子，不顧還在下雨就往外跑，一面跑嘴裡還一面嚷著：「來不及解釋了，我先回去趕工，明天再告訴你——」

言猶在耳，人卻已經跑得沒了蹤影。

言子陽在原地發了幾秒的愣，然後終於鬆了一口氣。

他向後躺下來，枕著自己的雙手、望著被雨洗過的夜空，心想要是有星星的話，一定跟管湘的眼睛一樣漂亮。

每當她準備全力以赴的時候，那雙眼睛好像會發光。

「祝妳好運嘍。」他說，接著笑起來。

管湘一路從學校趕車回家，卻在快到家門口時，看見門前的階梯上窩著個人影。

她嚇得停住腳。

……該不會是小偷吧？邢華出國比賽去了，只剩她一個人、她——

等一下，小偷怎麼會綁兩個小辮子？

管湘走近，發現是何天瑜正抱著腿坐那兒。

「天瑜？」她驚訝地伸手將她拉起，「妳怎麼來了？」

「湘湘，妳——」何天瑜欲言又止地看著她，「妳的作品，想好怎麼處理了嗎？」

「這個嘛，」管湘低頭看著自己手裡的袋子，「剩下沒做完的部分，我打算全部手縫……反正，也沒有規定作品一定得車縫，對吧？」雖然手縫相對來說，辛苦很多。

「我就知道妳一定不會放棄的，」何天瑜似乎比她更擔心她的作品，此時眼淚都快掉出來了，「我就想，妳可能會想改手縫，可我又怕妳一個晚上縫不完，所以……決定過來陪妳一起縫！」

方才在頂樓、在言子陽面前哭過一回的管湘，此時心防鬆懈，因此格外感到溫暖。

「妳就為了來幫我縫衣服，所以趕過來眼巴巴地在這裡等我？」她淺淺笑著問何天瑜，「要是我自暴自棄、出去狂歡了一夜沒回來怎麼辦？」

「妳才不會！」何天瑜嘟著嘴，「妳的字典裡沒有自暴自棄。」

管湘拉住她的手，「天瑜，真的謝謝妳。」

「唉唷，不要謝了，」何天瑜忙拉著她去開門，一邊道：「趕快開工，不然真的要縫到明天早上了。」

「呸呸呸，妳烏鴉嘴——」

於是大晚上的，兩個女孩一起窩在管湘房裡穿針引線，一邊聊著是非。

「不過，為什麼會縫不完啊？」何天瑜駕輕就熟地在襯衫手袖上抓出縫份，開始動工，「妳不是一放學就立刻去排隊了嗎？」

管湘才剛將線穿過縫針上的孔，打了個結。

她想了想，垂下眼淡淡說了句：「是顏以郡。」

何天瑜立刻攢眉，「怎麼又是她？」

管湘把來龍去脈簡單講了一遍，手上也沒閒著，抓著布樣小心翼翼地對準。

「她這個人真的太跋扈了，一天到晚野心勃勃，」何天瑜抱怨道，「以前她和她的小夥伴也常欺負我，後來可能是發現我成績根本追不上她，就改欺負別人去了……她會這麼對妳，很明顯就是忌憚妳。」

「忌憚我？」管湘一頭霧水，「我有什麼好怕的？」

畫功差、縫紉慢、理念一竅不通……這樣一個怯生生的新手，何足為懼？

「不知道耶，」何天瑜咬了咬嘴唇，「可能……她看到妳無可限量的潛力吧？」

管湘笑著拿手指去彈她額頭，「別把自己的故事套用在別人身上。」

「唉呀，反正她的罪也不是只有這一件，」何天瑜手腳快，已經縫完手袖的一邊，「妳知道她的小跟班小梅，其實也挺可憐的。」

管湘抬眼，「怎麼說？」

「雖然跟顏以郡混在一起不會被人欺負，可我聽說，顏以郡不准她跟她做一樣的體裁，有時候連撞了布料，都會被迫要換成別的……說真的，這樣好像也沒有比較好。」何天瑜感嘆地搖了搖頭，

「總之，她的報應遲早會到，就像我看的那本《鬼新娘》裡面有一句話，是怎麼說來著……對，人賤自有天收！」

「欸，大晚上的，不准妳提那本書！」管湘白了她一眼。

「湘湘，妳也真是太膽小了，」何天瑜笑瞇瞇地繼續捉弄她，「要是待會妳的手機響，電話那頭的人也自稱是何天瑜怎麼辦？那到底在妳房間的這個人是誰呢……」

管湘氣得拿拳頭打她，「都叫妳別說了！」

「哈哈哈……」

就在這笑鬧的氣氛中，夜色漸深。

結果何天瑜一語成讖，管湘果真抱著那堆布料，縫到天都亮了；至於預言家本人，後半夜便撐不住、爬到她床上去找周公了。

把最後一針從袖口拉出來、打結收尾的時候，管湘的眼睛澀得都快睜不開，手腕、手臂、肩膀，全是陣陣痠疼；最慘的便是她的手指，因為沒料到要做一晚上的針線活，沒能事先準備好針頂，右手食指被蹂躪了幾個小時，這會兒正熱得發疼。

收拾著針線和碎布時，管湘心想，自己最擅長自豪的特質，到底是什麼？

唔，不就是死撐活撐、不到最後一刻絕不放棄的堅持嗎？

從前是如此，如今亦是。

補了兩個小時的眠，管湘終於趕在中午前把作品交到了蔡佑怡手上。

那是一套米棕色的休閒西裝，因為深知自己功力不到，管湘刻意選了沒有花紋的素色布料，以免縫製時對花對不上，反而給作品扣分，如今打了這安全牌，倒讓班導能注意到她近幾個月提升上來的基本功。

「設計倒是中規中矩，」蔡佑怡翻看著她的作品，「參展是難了點，不過……妳這個進步速度，出乎我意料啊……沒想到妳能交出這麼完整的作品。」

收到這樣的評價，管湘總算安心了，然而一安心，熬夜的疲累便反撲上來。

她沒有回教室吃午餐，而是想起昨晚離開前，答應言子陽今天要向他解釋到底發生了什麼事，於是拖著沉重的腳步踏上美術大樓頂。

昨晚的那場大雨轉為綿綿細雨後，便一直沒有停，是個不撐傘會有點惱人、撐了又有點沒必要的雨勢，可此時管湘卻巴不得這雨能下大一些，至少淋在臉上可以趕走她的瞌睡蟲。

大中午的，言子陽倒沒有昨夜精神那麼好，此時側躺在木椅上熟睡，縮著一雙長腿，看上去有那麼一點點憋屈。管湘也沒打算叫醒他，如往常那樣走到另一張木椅坐下，沒多久就被睡意給反噬，垂著頭在椅子上睡著了。

在只有淅瀝瀝雨聲、靜悄悄的頂樓，這兩個人面對面地……睡覺。

午休結束的鐘響時，言子陽醒了過來，一睜眼，便看見管湘低垂著腦袋坐在對面，睡得極熟，鐘聲完全沒有驚動她。她的臉因為熬夜顯得更蒼白了，頭髮此時都垂在額前，比平時更像個女鬼，可是他……

言子陽側躺著不動，瞧著眼前風景，感覺心房被注入了一股異樣情緒。酸酸漲漲的。

是不是從今往後，只要瞧見管湘，他都會是這個樣子？

言子陽不動聲色地起身，先是站在花棚邊上伸懶腰、一面瞧著那細雨，良久，他回頭，看木椅上那傢伙歪斜著腦袋熟睡，要再多偏幾度，整個人恐怕就要栽下去了。

他一點腳步聲都沒有發出地邁步走到她身旁坐下，卻不像平常那樣留了一個人的空間，而是就坐在管湘隔壁，手只要放在大腿邊就能碰到她裙襬的那種距離。

看著遠方坡底下的校舍，言子陽沒有動，只是靜靜等待，總算幾十秒後，他的肩膀上一沉……轉過頭看，管湘睡栽了，而他接住了她。

言子陽笑了，儘管知道這樣趁人不備有一點點卑鄙，可他還是高興。

希望這場雨永遠都不要停。

第八章　靠近了

時近期末，天氣漸漸轉涼，已經開始穿針織制服背心的管湘，看不慣言子陽還老穿著短袖制服在頂樓打瞌睡。問他冷不冷，他說一點也不，就是覺得木頭椅子很硬，睡久了骨頭好像要散了。

於是這天在布坊見到那條打折的絲毛地毯時，管湘的腳幾乎黏在了地上。

「這條地毯因為顏色太奇怪，所以一直賣不掉，」布坊的阿姨告訴她，「妳喜歡的話就帶走吧，便宜賣。」

管湘看了一眼，再伸手摸摸那質感——嗯，柔軟中帶些粗糙，厚度剛好，又防滑。

「阿姨，幫我捆起來吧，謝謝。」她掏出錢包。

何天瑜拉著她的手，「買地毯做什麼？妳打算用地毯做衣服嗎？」

管湘愣了愣，「唔，是個好注意，或許改天我會試試。」

午休時，她扛著那條地毯上頂樓，因為有些重量，居然也出了一身汗。

言子陽難得沒睡，見她扛著個龐然大物上來，嚇了一跳。

「這什麼玩意兒？」他問，一邊被管湘用手指揮著趕到了一邊。

管湘解開捆綁用的繩子，嘩一聲，把地毯攤在了兩張木椅之間。

嗯，和她想的一樣，大小正合適。

那是條顏色有點介於墨綠與軍綠之間的地毯。由於學校的布坊都只有服設科的人會光顧，挑起東西來，眼光也比一般人嚴格許多。比起貴氣紫或工業灰那些更大方好看的色彩，這樣混濁不清、無法定義的綠，理所當然滯銷了。

不過管湘一點都不後悔買下它，因為在陽光下一看，那就像是一小片草地。

「這是幹麼用的？」見管湘調整好了地毯位置，言子陽興致勃勃地問，不等她回答，他便很自動地躺下、在上頭滾了兩圈，像隻……黃金獵犬。「啊，好軟好舒服……比椅子好躺多了。」

這正是管湘買下這塊地毯的目的。

她淺淺一笑，只道：「肖像授權費。」還有謝謝你一直以來的鼓勵。

「太貴重了吧，」他把雙手往腦後一枕，躺得十分愜意，「但妳寧願送我這個，也不肯送我一張畫……到底什麼時候，才會有妳滿意的作品啊？」

管湘望向屬於她的那張木椅，而她的素描本就靜靜躺在那兒。

因為裡頭畫的幾乎都是言子陽，後來她都懶得帶走了，乾脆就扔在頂樓，要用時就有。內裡四十張紙，已經剩沒幾頁空白，有的只用鉛筆描過，偶爾心情好時，她會上色。她筆下的他，大多時候都是睡著的，於是有一天，她悄悄用原子筆在封面寫下了「睡美男」三個字。

「可能……永遠都不會有？」管湘聳聳肩道，學他躺在地毯的另一邊，兩個人一起靜靜地望著花棚的屋頂。

從這個角度看上去，那就像是個萬花筒，令人目眩神迷。

「言子陽。」良久，管湘開了口。

「嗯？」

「你知道今天是什麼日子嗎？」

「……什麼？」他的聲音聽上去有些沙啞低沉，惹得管湘心跳快了一拍。

她穩了穩聲線，說：「今天是我生日。」

其實管湘不是一個很在乎生日的人。

過去經常有生日當天還得去公演或比賽的經驗，即便邢華再怎麼忙，也至少會買個蛋糕替她慶祝，但她本人對這事其實很平淡，也不執著於收禮物。

只是不知道為什麼，這一次她特別想和言子陽說。

或許能得到他的一句祝福也很好。

可等了半天都沒等到回話。管湘微微仰頭，發現那傢伙睡著了。

「……沒心沒肺。」她小小聲地抱怨，卻不是真的惱。

頂樓偶爾有涼風襲來，可躺在這塊絲毛地毯上，不僅柔軟、還很暖和。管湘望著言子陽的側臉，居然也慢慢有了睡意，眼睛一眨一眨地，最後闔上了。

安靜的頂樓、安靜的花棚下，一張草皮毯上睡著兩個人，呼吸近乎同步，畫面和諧。

只可惜，和諧的畫面沒能持續很久。

午休結束的鐘聲響起時，管湘幾乎是跳起來的——第一堂是縫紉課，要搶位子。

轉頭見言子陽還在睡，她不打算喊醒他，胡亂整理了頭髮和制服，便準備離開，沒想到快走到門口時，被人從後面喊住了。

似乎是他喊了她的名字。

管湘回頭，只見言子陽揉著眼睛，在草皮毯上坐起來。

「妳今天……放學後有空嗎？」他問。

她眨眨眼，「有是有。」如果不去工坊排機器的話。

「那五點半側門見。」

「要幹麼？」她輕聲問。

言子陽倒回地毯上，還打了個很大的呵欠，「……送妳生日禮物。」

管湘在原地愣了幾秒鐘，最後忍不住笑了。

原來他有聽見啊。

放學後，管湘跟在言子陽後頭走著，感覺這條路似曾相識……他又帶她來到時代娛樂的模特兒訓練分部附近。

「又要看電影？」她問，一邊努力跟上他的大長腿。

「當然不是，」言子陽嘴角始終噙著一抹淺笑，「我像是這麼沒創意的人嗎？」

於是他們過門不入地晃過分部大樓前，拐個彎就進了隔壁巷弄。巷弄裡的房子頗有日式的古舊風格，沿路木造老房、紅磚綠瓦，還有洗石子牆後方恣意開展出來的植物，頹廢中卻有生機勃勃的美。

而他們的目的地，是一間隱藏在其中的……呃，倉庫？

成面的舊紅磚，有大片藤蔓從頂上蔓延下來，把這兩層高的小倉庫藏得頗隱密。言子陽帶管湘走到最角落，那兒有一扇鏽了的鐵灰色大門，看上去許久沒開過了。

「喏，」言子陽雙手戳著口袋，只是抬著下巴示意她，「鑰匙在信箱後面的掛鉤上。」

管湘聽話地伸手探向信箱後方，果然摸到一串鑰匙。

她打開門，一邊疑惑道：「生日禮物……讓我從倉庫裡挑一樣是嗎？」

言子陽被她的話逗笑了，「我覺得妳最近連說話都活潑很多啊，真好。」

拉開大門，舉目所及只有一片黑暗，言子陽卻讓管湘先進去。

管湘睜大眼，「……你什麼意思？」

「女士優先。」他笑著說。

她瞪著門內一片黑得像要把人傳送到蟲洞去的景象，有點無語。

「……女士優先是這個時候用的嗎？」

「進去之後，拿鑰匙感應一下右邊牆壁上的開關。」言子陽看著她，突然正色道：「去吧，保證妳不會後悔。」

看來這傢伙是認真的。

管湘只好硬著頭皮、深吸一口氣，踏進門後的空間。進去後，她照言子陽所說，把鑰匙貼上右牆的開關，只聽見啪嗒一聲，室內的燈全亮了，瞬間，視野遼闊。

原來言子陽不是帶她來倉庫，而是一間服裝設計工作室。

幾張大的工作桌、幾座尺寸不同的人台，還有學校工坊裡的機器，這裡全都具備；男裝常見的樣板，全部用皮革裁了現成的掛在牆壁上，一旁還有成櫃的工具、布料，連配件也是分門別類地放好；最角落一個區域，有個辦公桌和電腦，而後方兩面櫃裡，全是工具書和雜誌。

天堂。這是管湘心裡想的第一件事。

她四處摸摸逛逛，從進來後就張著的小嘴沒闔起來過。

入科不到半年，也不是沒有朦朧地想過，是否以後自己也會有一個專屬的工作空間，實際見識到了以後，她才更驚覺心底對此的渴望，不只是工具、素材齊全的緣故，更是因為她喜歡這裡的安靜。

逛得滿足了，管湘回到一開始進來的玄關附近，言子陽斜倚著牆站在那兒，雙手環胸，臉上笑著的那股得意勁兒——不知道的人還以為他給她製造了多大的驚喜。

可管湘卻十分開心。

「這是你朋友的工作室嗎？我喜歡他的裝潢風格。」她走到言子陽面前，輕聲道：「謝謝你帶我來參觀，我很喜歡這個生日禮物。」

對她來說，這不只是參觀，更是讓她內心深處的信念越加堅定。

「參觀算什麼？」言子陽笑了笑，雲淡風輕道：「那串鑰匙，妳收著吧。」

管湘原地石化。

「……言子陽，你吃錯藥了？」

「別怕，沒有要把這間工作室送妳，」言子陽抬眼，把整個工作室打量了一遍，「我跟這裡的主人……還算熟，只是她長期在國外活動，已經很少回來，妳知道的——房租、水電每個月照常繳，空著太浪費，再加上這裡的機器，也總要偶爾使用一下，免得壞了。妳就當作……我替妳租下了這裡吧，免費的。」

管湘捏著鑰匙，感覺手心像是在發熱。

剛才參觀的時候她就已經察覺了，這個工作室的主人也是專做男裝，從人台、樣板，到書櫃裡工具書和雜誌的種類，和她主攻的專業不謀而合。如果能在這裡工作就好了——這個念頭確實出現在她的腦海裡過，卻沒想到會這麼快成真。

她盯著他的臉，真摯地說：「我現在很想抱你。」

言子陽的臉一下子嚇白了，「——妳、妳說抱誰？」

「我說的是感激的擁抱，」見他滑稽的表情，管湘樂了，「就像上台給偶像獻花，對方為表謝意都會擁抱一下是一樣的，你幹麼那麼緊張？」

言子陽暗中鬆了口氣，邁著大長腿往工作室角落的休息區走去，「我、我沒緊張，我只是擔心，妳知道的……我最怕別人碰我了。」

管湘沒看見他一下子漲紅的臉，只是聳聳肩，跟在他身後。他在休息區的沙發上坐下，她也就有樣學樣，只是很習慣地給他留了一個人的距離。言子陽盯著管湘與他之間的空位，心情竟有些五味雜陳。

「你……是什麼時候開始這樣的？」管湘輕聲問道，「不讓人碰，也討厭碰人。」

這是她第一次問他這麼私人的問題，言子陽愣了好一會。

「大概是在……我媽離開家之後吧？」他翹起腿，右手支著自己的臉頰回答，「算一算，也已經一年多了。」

「所以在那之後，你就因為討厭人群，一直待在頂樓嗎？」

「……算是吧。」

管湘垂下頭不語。

和她猜想的一樣，言子陽會如此排斥肢體觸碰，果然是心理上的因素。

「其實，我爸媽還沒離婚，只是我媽單方面離家了。」一陣沉默中，他突然開了口，「這段時間用文藝一點的形容詞來說的話……嗯，大概就是醉生夢死？模特兒受訓也停了，學校的課也沒辦法上，雖然偶爾想見見朋友，最後還是選擇留在頂樓。」

於是越來越孤單。

「一個人在頂樓待得久了，感覺就像在做一場很長的夢。」他說。

管湘看著他的側臉，不明白他是抱著怎樣的心情，才能輕描淡寫地說出這些。

「你想過……找個心理醫生嗎？」

言子陽無奈地搖搖頭，「找心理醫生，這夢……我是說，這病不就治好了嗎？」

她愣了愣，「……你不想治好嗎？」

「想……但也不想。」

「為什麼？」

「我怕啊，」他說，仰頭望著天花板，「怕我好了，他們就會心安理得地離婚；怕我好了，我媽就真的不回家了。」

言子陽說完後，兩人之間迎來一陣極長的沉默。

他們都還年輕，沒有資本、也沒有手段，為了抵禦世界給他們的殘酷，總要使出渾身解數，而這渾身解數有時又像把雙面刃，第一時間先傷了自己。管湘心疼地想，他幫著她跨過了這麼多道檻兒，可如今她想反過來幫幫他、給他力量，卻不知道能怎麼做。

甩甩頭，為了打破這沉重的氣氛，她從書架上隨便抓了一本雜誌。

「認識你那麼久，從沒看你走過台步，」她道，「虧你還引以為傲呢。」

「嗯？」言子陽轉頭看她，「好奇嗎？」

「好奇。」管湘正色道。

他眨眨眼，「……妳不要突然那麼真摯，我會害羞。」

「這是你的專業，害羞什麼？」

「就因為是我的專業，才不能隨便展示。」他說。

「喔……是嗎？」管湘點點頭，明瞭的表情裡帶點狡詐，「可是，我的舞你看過了、畫你也看過了，甚至也看過我的設計稿——所以現在是，吃乾抹淨了不想認帳嗎？」

……隨著管湘慢慢變得開朗後，這懟人的戰鬥力似乎也提高了。

「行，」言子陽嗖地跳起來，「我最討厭欠別人。」

工作室幾張大桌之間正好有條長長的走道，雖然氛圍差了點，但管湘心血來潮拍暗幾盞燈、再用電腦挑了下音樂，倒也有幾分還原。唯一可惜的是，言子陽穿著制服。

「準備好沒有？」他在走道的那一端問她，「只走一次，錯過了可不補。」

管湘背倚著走道盡頭的工作桌，「準備好了。」

於是言子陽背過身去，雙手戳在口袋裡、低垂著頭，給自己幾秒鐘時間醞釀情緒。完成後，他毫不猶豫地轉過身，邁開大步。

他把右手從口袋裡拿出來，晃著好看而氣勢的寬肩，腳下每一步都走得平穩自信，踏上節奏重拍，全身散發出一股行雲流水的餘裕感。簡陋的燈光、不專業的舞台，以及身上平淡的服裝並沒讓他卻步。他確實用自己的表現驗證了老師的那句話：讓身上穿的衣服發光。

事實上發光的究竟是人還是衣服？管湘已經糊塗了，甚至沒發現自己屏著呼吸。

她想，言子陽就是為T台而生的吧，注定得踏上這個舞台，並且只要他想，誰也不可能阻止他發光發熱。他自帶的氣場強大，旁若無人似地，凝著一雙專注的眼到她面前，微做幾秒停頓後，又轉身離去。

看著他的背影，管湘腦海裡跑馬燈一樣地轉過很多畫面，有零星幾樣素材、小部分是顏色的使用、碎片般不連貫的設計思路，當然還有一些抽象的理念……她又在她的繆思身上得到新靈感了。

此時此刻，為他做衣服的想法，前所未有的強烈。

「怎麼，太好看啦？」見她發呆，言子陽在她面前揮了揮手，「瞧妳都看傻了。」

「嗯，很好看。」她坦率地肯定道。

「……」言子陽一時語塞，心想這還真是個擅長丟直球的選手啊。

記得剛認識時，管湘對他很冷淡，他總要自己在她面前刷存在感、求表揚，可近來她對他有話直說，反而令他半點得瑟不起來。

「你禮拜六有空嗎？」擅長直球的選手又發球了。

「呃，有吧。」

「那下午一點在這兒碰面。」她說，見時間晚了，便開始收拾東西。

「……妳連『好不好』都不問嗎？」言子陽無奈，卻笑著。

管湘轉過來看著他，和平常一樣沒什麼表情。

「當作你答應了。」

她把背包拿了、關上電腦，接著走到玄關拍暗了燈，然後踏出門外。言子陽在她身後，幾個大步跟上。

「等等，我怎麼覺得被妳反客為主了？」他雙手環胸，搖搖頭，「不太對勁啊。」

管湘在路燈下走著，沒頭沒腦說了句：「今天我生日。」

「所以呢？」

「壽星最大。」

「……」

「改天你生日，也可以這樣。」她轉頭走上與他不同的岔路，揮了揮手，「禮拜六見。」

言子陽站在路口看著她離去的背影，莫名地很在意管湘那頭飄逸的黑長髮，一甩一晃的波浪捲，有一下沒一下地撩撥他的心。

上了大半學期的素描課，總算有一節讓老師替他們請來了模特兒，做一堂人體素描，不過這形式卻不如許多本科生入學前想的那樣，會有裸體的模特兒出現——今天來的是高三模特兒科的學長姊，成群往美術教室裡隨便一坐，或聊天、或睡覺，當然，衣服都是好好穿著的。

平時在美術大樓頂累積了不少經驗的管湘，坐在教室一角駕輕就熟地削鉛筆，一面打量著正笑鬧的學長姊們。九女三男，性別比算是相當懸殊，而一同管湘預料的，言子陽並沒有出現。她低下頭來抹去桌面的鉛筆屑，突然有個陰影籠罩在畫紙上。

「同學，這椅子有人坐嗎？」一個男聲問。

管湘抬起頭，正要回答沒有，卻愣住了。而對方見了她的臉，也跟著睜大眼。

「羅伊？」

「管湘？」

半年以上不見，羅伊染了墨黑色的頭髮，簡單梳了個大旁分，襯著一張臉更雪白。

他對她笑了笑，還正想寒暄兩句，身後卻傳來此起彼落的喊聲。

「羅伊，你在幹麼啦？」

「遲到了還慢吞吞。」

「不要把妹了，過來這裡坐。」

「欸，我等你排一場傳說，等一個中午了。」

「……」

因為如此，班上同學的目光全落到了管湘身上，羅伊也發現了這點。

「啊，抱歉，待會再聊。」他對她笑笑，抓著椅子就到中間去了。

一群身高和顏值都與眾不同的模特兒聚在一起，畫面可謂壯觀，至少班上的同學們十分興奮，吱吱喳喳談個不停。管湘低頭打著稿，耳邊時不時就有情資飄過。

「欸，為什麼我們學校模特兒科男生這麼少？」

「妳傻啊，當然是因為服設做男裝的少……要供需平衡嘛。」

「唉，早知道就考隔壁二藝的服設科了。」

「為什麼？」

「妳不知道吧，二藝電影科超多兼職男模特兒的。」

「蛤，妳怎麼不早說……」

「……」

管湘嘴角噙著笑，自顧自把基礎線稿畫全了。因為比較熟悉、也因為喜歡羅伊五官的關係，她沒有畫旁人。而被畫的人，坐到中間以後，就拿著手機和另一個男同學雙排打遊戲去了，兩個人打得激烈，還不時有說有笑。

這讓她想起了言子陽。

如果他沒得了不肯與人接觸的心病，想必也能跟這些人玩在一起、愉快度日，而不是整天窩在頂樓孤零零的一個人。

也不知道他要這個樣子到什麼時候。

埋頭認真了半天，很快兩節課就過了。下課鐘響時，管湘還在努力加強兩隻手的輪廓。羅伊在這時候坐到她身邊，仔細端詳她的畫。

「我覺得……妳把我畫的比本人好看。」他認真給了評論。

「是嗎？」管湘笑了笑，在邊角落了款，然後抬頭，「可惜這要交的，不能送你。」

「改天有機會再畫一幅送我吧。」羅伊笑嘻嘻地說。

「對了，」管湘指著畫紙裡的一角，問道：「你去刺青了？」

那是藏在制服領口下、位置大約落在鎖骨的刺青，方才她畫的時候就注意到了，只是看不完全，印象中，年初Brittany K的秀上認識他時，還沒有這個刺青的。

「喔，對呀，」羅伊大方的掀開領口讓她看，是一排草寫的英文字，「因為我最好的朋友出了點事，有陣子沒看到他了，最近有點想他，有感而發去刺的。」

「那英文寫的是什麼？」她問。

看上去很流暢，很美的筆法。

「Incomplete Youth，」他說，「不完整的青春。」

管湘愣了愣，「……有什麼特殊意義嗎？」

「嗯……每個人在這年紀，總會發生一些事，一些成年人眼中不重要、對我們來說卻天崩地裂的大事。」羅伊認真看著管湘，「妳肯定也有吧？」

天崩地裂的大事。

管湘想起了從舞台上摔下來的那天、想起了自己的舞蹈生涯。

她幾乎沒有猶豫，「有。」

「我也有，總覺得因為這些事，青春不完整了，」羅伊頗感性地說，「但其實，我挺以這些不完整為傲的……啊，妳可能會覺得我有點怪吧。」

管湘正想說點什麼，幾個學長姊要離開教室，一邊叫上了羅伊。

「我走啦，」他向她揮揮手，「下次聊。」

這時何天瑜也收好畫板來找她，見了管湘的畫，瞪大眼睛。

「湘湘，妳素描真的進步好多……細節比我上次看的時候更好了。」

管湘卻未把她的話聽進去，腦海裡還在想著剛才羅伊說的話。

「不完整的……青春？」她喃喃。

「妳在說什麼啊？」何天瑜見她心不在焉，擔憂地坐下，「妳沒事吧？」

「天瑜，妳覺得……青春的不完整，可能是因為哪些事？」

「嗯，」她認真地思考起來，「失戀、親人或寵物的離開、沒有目標或夢想、被霸凌之類的，不過對我來說，當然還是成績吊車尾這件事，哈哈……」

管湘覺得這幾個答案很寶貴，於是攤開素描本寫了下來。

「不過……妳問這些要做什麼用的啊？」何天瑜問。

寫完了闔上素描本，管湘對她淺淺一笑。

「沒什麼，過陣子就會知道了。」

週六，是和言子陽約在工作室碰面的日子，管湘提早了十幾分鐘到，便逕自進門、坐在沙發上翻翻雜誌，打發時間等言子陽出現。看著雜誌內頁的街拍專欄，管湘忍不住想起剛才出門前面對衣櫃陷入選擇恐懼的事。

畢竟不像平日上課，千篇一律只有制服能選，再加上約見的人是言子陽……於是她失心瘋地換過好幾件洋裝、又配了幾套裙裝後，才想起今日去工作室的主要目的。她瞬間冷靜下來，乖乖穿上簡單的白T和淺藍牛仔鉛筆褲，踩著一雙白球鞋出門。

十幾分鐘後，言子陽出現了，管湘扔下雜誌站起身，正要打招呼，卻愣了愣。

「你……」她看著言子陽，滿腦子疑惑，「為什麼穿制服？」

言子陽「啊」了一聲，「我是學生當然穿制服。」

「可是，今天是禮拜六。」她說。

他這才瞥見她身上的便服。

「我……睡過頭了，」言子陽乾笑著抓了抓後腦杓，「還以為今天是平日。」

管湘小小無奈。

這人居然睡到搞不清楚日子，本來還以為，今天終於有機會看見他穿便服。

言子陽似乎也覺得自己太糗，乾咳一聲後就繞過她走進工作室，把自己往沙發上一摔，打了個呵欠，像隻慵懶的大狗。

「不過妳今天找我來幹麼？」他問，邊把一雙逆天長腿交疊著放到茶几上。

管湘跟上去，不滿意地瞧著他的姿勢。

「這裡是工作的地方，不能這麼隨便。」她說，眼看言子陽聽話地把腳放下，她還拿了溼紙巾把桌面擦了擦，像是很嫌棄他的樣子，搞得言子陽皺眉，「還有，我今天找你來，主要是當我的助手。」

「……助手？」

「沒錯，」她點點頭，從架上隨便抽了本雜誌攤開，「今天我要從這一整面的雜誌資料庫裡面，選定服裝秀要用的布料。」

「嗯哼，」言子陽聽著點了點頭，「那我要幫妳什麼？」

「嗯……」管湘歪了歪頭，思索半天，道：「我想到再告訴你吧。」

於是言子陽的作用瞬間只剩下坐在另一張椅子上，當個擺設。

「嗚嗚，」他欲哭無淚地往桌上一趴，「生平第一次被女孩子約出門，居然不是約會，而是來當個擺設……妳要怎麼對我那無處安放的魅力負責？」

管湘偷偷笑了會兒，但還是裝出嚴肅的聲音道：「別假哭了，會吵到我。」

言子陽不滿地嘟了嘟嘴，卻沒說什麼，當真安靜下來，乖巧地看著她工作。

其實擺設還是很重要的，管湘一面翻雜誌、一面想，沒了這個擺設，她得不到靈感、畫不出圖、選不定布料該怎麼辦？

如果言子陽知道自己光坐在她面前就有這麼大貢獻，肯定還要得意的。

這間工作室裡的雜誌量極大，甚至勝過一般書店，還有許多限量或已絕版的。管湘曾猜想，能收集到如此齊全甚至稀有雜誌的設計師，大約在時尚圈裡也不是什麼泛泛之輩，只是言子陽既然不提，那麼她也不問，就怕知道了對象，用起工作室來會有負擔。

負擔，是她現在最不需要的東西。

一下午,管湘認真收集資料,只要看到喜歡的布料待選定,便會把雜誌攤開、放到面前桌上,偶爾從內頁的設計和版型中得到靈感,也會拿筆記下。兩、三個小時後,整個工作桌上已經攤滿了雜誌。

她抬頭,發現言子陽手支著下巴,維持一開始的姿勢睡著了。

管湘覺得有趣,便悄悄欣賞了一會兒。不同於以往在頂樓時,他都是躺著睡的,如今這麼看,這個睡顏更是紅顏禍水、亡國妖孽的等級。

上回碰到羅伊、從他的刺青得到靈感後,管湘在短短幾日內,就決定了服裝秀的企劃和設計理念。以「不完整的青春」為名,她收集了一系列的例子,就好像於她,她的舞台生涯中,有一塊不完整的獎牌;於何天瑜,她的服設作業,總有塊未上色而不完整的角落;於言子陽,他的全家福照片中,總有個不完整的位置……

這個理念的誕生對她來說,意義非凡。

離開舞蹈科至今,她雖然努力習藝,心態上卻一直有茫然與不踏實的感覺;可定下了設計理念後,她第一次這麼興奮和滿足,想要用盡全力去完成這一次的作品,想要在所有細節上都做最好的發揮……

她想要成為最好的那個。

如今之計,首先要先將腦中抽象、碎片般的靈感化作具體服裝,而設計形象上,必須和主題相互呼應;其二,要找到符合這個主題的模特兒。

至於誰是這個位置的不二人選，根本無須思量，那人此刻就在她面前，光憑一張睡臉就引得她移不開眼，真沒有負了他睡美男的稱號。

良久，眼睛吃飽了，管湘卻覺得肚子餓。她沒驚動言子陽，獨自出了門。

工作室離鬧區有些距離，加上晚餐時間，買什麼都得排隊，等她再回到工作室，前後已經快一個小時。進門後，她發現言子陽仍睡著，只不過換了個姿勢，把側臉枕在某一本攤開來的雜誌上，睡得毫無防備。

這種感覺，就好像她養了一隻溫順的黃金獵犬。

管湘看著桌上她選出來的許多布料，再看看言子陽的睡臉，腦海裡突然靈光一閃。

她將買來的晚餐先放在一旁，輕手輕腳地拿過工作桌上的素描本和鉛筆，靜悄悄在他面前坐下，接著低下頭，筆尖刷刷地在紙上動起來。

服裝秀規定的數量是每人出三套衣服，可轉眼間管湘已經粗擬了五、六版設計，即便如此她也沒想過停下，這種事本就是多多益善，待回過頭，再挑出最好的便可……直到她畫得累了，直到她買的湯麵已經從熱湯變成冷湯。

好像，也不感覺餓了。

放下素描本和筆，管湘又偷偷挪了個位，極近距離地坐到言子陽身邊。怕吵醒他，她還試探著喊了他幾聲，確定他是真的熟睡、一點反應也無，才放心下來。

追根究柢地說，讓言子陽來當擺設給她靈感、亦或是確認他究竟能不能勝任她服裝秀的模特兒，這些都只是其次。她今天找他來，只有一個很簡單的原因。

她想確認一件事。

管湘伸出手，想摸摸他的臉，可思量幾秒，最後還是收回了手。她學他側趴在桌上，臉與他相對著，彷彿擁有同高的視線水平，就可以看得更清楚一點。

「什麼時候才能摸摸你、給你量尺寸啊？」她喃喃幾句，就像自言自語，「真的好——想幫你做衣服。」

真的好喜歡你。

想到這，管湘笑了一笑，然後閉上眼睛。

第九章　消失了

最後一堂課的下課鐘響起，在所有人忙著收拾書包的混亂中，導師蔡佑怡站在講台上，試圖說完最後幾句話。

「已經弄完服裝秀相關表格和設計的人，從今天開始可以陸續交上來了，」她幾乎是用喊的才能讓所有人聽見，「如果對設計有疑慮，也可以來導辦和我聊聊細節。」

管湘翻開面前的素描本，視線落在她最終挑出來的那三套設計上。如今顏色、布料、配件等細節都已確定，設計理念也具體化地整理過、謄寫在報名表上，眼下萬事俱備，只欠東風了。她把所有東西塞回抽屜，只將模特兒同意書折了幾折、放進制服裙口袋，接著便跟著放學人流擠出教室，卻沒往校門方向，而是順著學校裡的斜坡一路向上。

邀請言子陽擔任她服裝秀的模特兒是很早就有的想法，在完成這次設計的過程中，好幾次她都想要開口邀約，可一來礙於他有個與眾不同的心病，二來早前設計都尚未成型，她不想空口說白話。

在她眼中，言子陽是個優秀的模特兒，勢必要以優秀的設計來配他，於是她一改再改、任何小細節都不肯放過，直到最終成品令自己滿意，才終於鼓起勇氣。

她想過，言子陽或許會因為排斥她的碰觸而拒絕她，但這之中一定能找到折衷的方式，大不了，她帶他去看心理醫生就是了，如果像他說的，不想夢醒了讓爸媽心安理得離婚，那就勇敢地和他們談吧。

滿腔滿腦都是如何說服言子陽的論調，管湘爬了幾層階梯，來到美術大樓頂。推開門，花棚下依舊是她熟悉的小角落，首先入眼的是絲毛小草皮毯，然後是兩張長椅上亂扔的書本和紙張，可她期望見到的身影卻不在那兒。

管湘愣了愣，準備好半天的邀約詞一下子卡在了胸口。

她上頂樓找過言子陽無數次，這是第一次撲空。

嗯……這奇妙的心情是什麼呢？

管湘歪著頭，有一種被人放鴿子的感覺，可明明言子陽也沒有義務隨時在這等她來。冷靜想想，或許是她來的時間不對——現下已經放學，他也許早就回家，或是到哪裡玩去了，總而言之，至少知道他除了頂樓，還有別的地方去，這一點，管湘很欣慰。

她將同意書收進書包，打算隔天再來。

可當她隔日趁著午休再去時，卻依舊沒有見到言子陽。

不知道為什麼，這讓她很不安。

「不對勁啊，」她瞪著空無一人的花棚喃喃，「總不可能是……病治好了吧？」

比起他排斥碰觸人的心病康復，管湘更懷疑他是不是整天穿著短袖晃悠、冷出病來了。抱著這份擔憂，管湘在午休結束後來到模特兒科所在的大樓，按印象找到言子陽的班級。她怯生生地站在教室後門往裡望，這時，幾個科上的學長圍過來。

「同學，妳找誰？」

「咦，你們不覺得她……有點眼熟嗎？」

「這不是上次素描課時羅伊搭訕的學妹嗎？」

「喂，羅伊！外找。」

「……」

管湘來不及說出她要找的人是言子陽，一群學長已經把羅伊給叫了過來，並且十分自覺地鳥獸散，不準備打擾兩個人說話。而羅伊似乎剛睡醒，卻沒有半點起床氣，和善地對管湘笑。

「嗨，」他摸摸一頭亂髮，卻未曾撥開蓋住眼睛的瀏海，「怎麼突然來了？」

「我……」管湘吞吞吐吐，「我來找一個人。」

羅伊笑得更開心，「還以為妳是來找我的，原來不是……妳找誰？我幫妳叫他。」

「我找言子陽。」她說。

聽到這名字的瞬間，羅伊的臉色變了。他的笑容逐漸淡去，臉上睡意全消，就像是瞌睡蟲瞬間被人嚇跑，一隻也不剩。

「……妳說妳找誰？」他問。

管湘以為他是沒聽清楚，只得複述道：「言子陽，他是你們班的沒錯吧？」

羅伊的表情變得謹慎，「妳……找他幹麼？」

管湘不知道羅伊為何這麼問，難不成她找言子陽還得經過審核？

「我想邀他做我下學期服裝秀的模特兒，」對方是學長，又是認識的關係，管湘不想無禮，於是簡單回答：「剛才去他常待的地方沒找到人，所以才來這裡……他沒來嗎？」

「常待的地方？」羅伊的一張臉變得煞白，喃喃道：「不可能。」

「羅伊，」管湘盯著他晦暗不明的眼神，「你怎麼了？沒事吧？」

默了幾秒，他突然抬眼看她。

「妳說他經常待的地方是哪裡，可以帶我去看看嗎？」

管湘一愣。

如今美術大樓頂於她，就像是只有她和言子陽知道的祕密基地，突然要帶個外人上去，管湘不是特別樂意，可一瞧見羅伊那像是發生什麼大事的表情，她便沒有將不快表現在臉上，順從地帶他前往。

花棚和管湘方才離開時一樣，不像是誰來過了的樣子，可羅伊一踏進此處，便像是想起了什麼。

他停下腳步，驚訝地望著管湘。

「妳……是不是曾經昏倒在這裡過？」羅伊說，想了想又道：「今年二月初？」

管湘一愣……二月初，不就是她爬上矮牆，最後暈過去、被人送到保健室的時候嗎？

「你怎麼會知道？」她訝然。

「是我背妳去保健室的，」羅伊說，「只是妳那時候狀態不太好……後來的服裝秀上，我沒能認出妳來。」

所以服裝秀見面時，羅伊說覺得她眼熟是真的，而不是搭訕的話語。

正當管湘發愣，羅伊走到花棚下，拿起封面寫著「睡美男」的素描本，一頁一頁翻看。越看，他的手顫抖得越厲害。

「妳……真的見過他，是不是？」

管湘一路帶羅伊上樓，始終不明白他怪異的表現是為何，現下亦不知道自己是否和言子陽見過面，和他又有什麼關係。她耐著性子，輕輕點了點頭。

「是什麼時候見過的？見了幾次？」羅伊轉身，紅著眼睛走近她，或者更正確地說——是逼近，「他和妳說過些什麼？他有沒有——」

「學長，」管湘終於沉下臉，提醒道：「我好像沒有必要對你交代這些。」

羅伊瞬間意識到自己的失態，停住了。他後退幾步，深呼吸後垂下了肩膀。

「抱歉，我不是故意的，我只是……」他欲言又止，似乎斟酌著用詞，良久，又道：「妳……想找到子陽，是嗎？」

子陽……聽上去，他們倆是熟識的關係？

管湘嗯了一聲。

「好，妳跟我來，」羅伊邁開步伐準備離開，「我帶妳去找他。」

快期末了，這種時候翹課實在不明智，可眼下，管湘真的很想找到言子陽，於是久違地又翻了一次牆，羅伊帶她搭了班直達的公車到市立醫院。

踏進醫院大門那一刻起，管湘的心開始忐忑……她知道肯定有什麼不好的事情發生，可是她什麼都沒問，靜靜隨他搭電梯上樓，接著穿過長長的走廊，往最裡的那一間病房去。

這層樓安排的是貴賓病房，裡頭住的要不是有錢人，就是需要絕對隱私的大人物。整條走廊上除了護理人員的腳步聲外，安靜地令人有些不自在。此外，病房進出控管嚴格，羅伊開門前，都給門口的護士確認過身分。

「這小夥子我倒是認得，經常來的，」護士的目光轉向管湘，「不過這位小姐……」

「她也是子陽的同學，我帶她來看看。」羅伊替她回答了。

護士打量她幾眼，看著並不像壞孩子的模樣，於是點點頭。

「也好，進去吧。」護士嘆口氣，又道：「他爸爸前幾天才來過，可惜……」

她的話沒說完，只是搖著頭、推著儀器走遠。看著她離開的背影，管湘感覺一顆心已經被提到了胸口，又悶又難受。

「到底是怎麼回事？」忍到這時，她終於開口，「為什麼帶我來醫院？」

「進來吧，」羅伊推開病房門，對她說，「妳看一眼就會明白的。」

那是個淺藍色調、寬敞而明亮的病房，單間只有一張病床，而床上躺著的那個人——

是言子陽。

即使面色蒼白、覆著氧氣罩，管湘仍能立刻認出他來。

隔著幾公尺，她的腳卻像有千斤重，連再往前走一步都無法。

「明明幾天前……」他還好好地在工作室裡打瞌睡，怎麼轉眼間就躺下了？像是誰掐緊她的脖子，管湘的聲音抖個不停，「他、他怎麼了？生病了？他——」

「他昏迷一年多了。」羅伊說，平淡地像是在談論天氣。

管湘的目光這時才從言子陽身上移開，轉向身邊的人。

「……什麼？」她閉了閉眼，試圖保持鎮靜，「你在說謊。」

「妳知道嗎？要不是看到妳的素描本，那麼完整、真實地記錄他的樣子，我會以為妳才是騙人的那個……他明明躺了這麼久，妳卻說在醫院以外的地方見過他。」羅伊已然冷靜下來，淡淡道：「身為他最好的朋友，我已經很久沒聽他說過話了，沒想到這傢伙挺見色忘友的，連我夢裡都不曾來過，倒是出去把妹了？」

羅伊臉上有無奈的笑，看得管湘身體不住地顫抖。

她不敢細想，他說的那些話是什麼意思。

一年多前，言子陽的母親堅持拋下他和父親離家。或許是傷心過度、或許是想引起母親的注意，又或許兩者都是，他因此躲在美術大樓頂吞下過量安眠藥，人救下來時，命是保住了，卻也再沒醒來過。

那一天，正下著大雷雨。

「這件事其實上過新聞，不過……子陽他爸是校長，他跟妳說過吧？」羅伊斜倚著牆，把自始至終發生的事情簡單和管湘說了一遍，「再加上他媽媽也是名人……就是妳我都見過的那個大設計師Brittany K……當時，家裡人透過關係把消息壓了下來，學校也沒多少人知道，都以為他是出國了。」

管湘沒說話。

關於他母親身分這一點，她早在言子陽口中零碎的故事裡猜到了，雖然就各項線索看來，始終只是模糊的猜測，但直覺卻十分強烈。她最近甚至開始合理懷疑，言子陽借給她的工作室，也是屬於他母親的。

只是對現在的她來說，這些事情一點也不重要。

羅伊還說，她試圖自殺、最後昏倒的那一日，是因為他太想念言子陽了，才會偶然出現在美術大樓頂，順便送她去保健室。

「我不知道妳為什麼能見到他，說真的……即便到了現在，我還是半信半疑。」羅伊轉頭看著管湘，低沉道：「但如果問我他突然消失的原因，我想那可能是因為……幾天前，醫院通知我們他的昏迷指數降到五以下了……」

昏迷指數五以下，這是個什麼樣的數據，管湘並不清楚，只隱約感覺是個悲痛的消息。她知道自己應該有點相應的情緒，比如不敢置信、比如心痛糾結、比如傷心落淚……可她只感覺頭痛欲裂，好像誰拿了揚聲器在她腦海裡大吵大鬧似的。

過去數月間和言子陽相處的片段在腦海裡一閃而過，看上去十分真實，卻又似乎非常不可靠。

言子陽曾經說過，頂樓的日子就像一場夢……那麼她呢，是否她也只是做了一場夢？夢醒了，就忘了。

管湘深吸一口氣，面無表情道：「謝謝你和我說這些，我回去上課了。」

話落，她轉身就走。

羅伊試圖喊住她，可並沒有成功。回過頭，病房裡依舊是凍人的低溫，還有每隔一秒就會輕輕作響的儀器，除了那上面的聲音和曲線，羅伊找不到其他東西證明言子陽還活著。

好像就是昨天的事情，他們一起簽進時代娛樂、一起訓練、一起玩樂……胸口的刺青還隱隱作痛，提醒著羅伊，言子陽便是他青春裡的不完整。

他看著他的病容，似乎一年多來從未改變過。

他的朋友，真的睡了很久很久。

管湘回了學校，只是一往一返耗去太多時間，她錯過了整個下午的課，進教室時，已經差不多準備放學了。她以身體不舒服為由隨便填了假單，待放學鐘響，把所有東西一扛，跑去了工坊。

自從有了言子陽借她的工作室後，管湘已經好一陣子沒光顧學校工坊，只不過今天她特別不願意一個人待著，寧願來工坊聽聽嘈雜的人聲。何天瑜帶著羅伊來找她時，她正試著縫合幾種不同的布料，研究哪一個更符合她要的感覺。

她很專注，專注得不合邏輯。

在來的路上，何天瑜已經大致聽羅伊解釋過前因後果，簡言之，一股神祕的力量，讓管湘和深陷昏迷中的言子陽相遇了……只是她遇見的雖然是他，卻又不是完整的他。

身為一個超自然現象的擁戴者，何天瑜百分百相信管湘的遭遇都是真的，甚至抱持諸多幻想與期待，想聽她多說點這件事的細節，可一見到那個埋頭工作的身影，還有機器一般看不出喜怒的臉色，何天瑜有些害怕了……

短暫的時間裡，她把自己代入過這個故事。如果是她發現這一切，會是什麼心情？

前思後想，或許會驚訝、會懼怕，但更多的應該是心痛和難過。聽羅伊說，管湘給言子陽畫過滿滿一本的素描，想是兩人交情匪淺，那麼她……

此時此刻不該是這種表現才對。

「湘湘……」來到管湘身邊，何天瑜小心翼翼地探問：「妳……沒事嗎？」

前者正忙著把布料特性記錄下來，抽空抬頭瞥了她一眼，「我？沒事啊。」

她忍不住坐下來拉住管湘的手，「都發生那麼大事了，妳怎麼還在這裡？」

「大事？」管湘放下筆，將下一塊布料疊好、推進車機內，「什麼大事？」

何天瑜和羅伊交換了一個眼神，然後道：「就是……言子陽的事啊。」

管湘手上的動作停頓了。她抬眼，這才發現羅伊一直站在一旁，和何天瑜一樣，眼裡都是藏不住的擔憂。她突然輕笑一聲。

「那個啊，沒什麼，」車機再度動起來，管湘繼續手上的工作，「不過就是做了場夢。」

回想起來，其實這場夢還挺長的，而且發生了好多、好多事。

聽著管湘那不對勁的語氣，何天瑜著急了……沒道理她都相信的事，當事人卻只當是做了一場夢吧？

「怎麼會是夢呢？」她搖搖管湘的手，像是要她清醒，「不是留下了好多證據嗎？那些都是妳遇見他的證明啊。」

「都是我幻想出來的，這妳也信？」管湘理了理布料、繼續推過針下，面無表情地就像一尊石像，「就叫妳平常少看那些東西了。」

她的話，平靜得像一根細細的軟針，戳進心口時，讓人有些無以名狀的痠疼。

後來，兩人幾度嘗試與管湘談談這事情未果，只得等到工坊關閉了，一左一右護送著她出校門。期間，管湘始終是一副淡然的樣子，關於細節，她隻字不提，並在途經某個十字路口時，婉拒了羅伊送她回家的好意。

那一晚，管湘溫了點書，一直熬到深夜才爬上床，感覺眼睛乾澀，正好拿滾燙的手掌心上來敷了敷。後來她瞪著頭頂的天花板，那裡有路燈映照窗戶留下的陰影，偶爾閃爍著、看上去有些模糊。

管湘一直沒有閉上眼睛，直到漸明的日光，把那些影子全部吞噬。

她翻了個身，終於放鬆下來闔眼，想著剩沒幾小時能睡，也不知道會不會作夢。

如今她已經找不到言子陽了，可掙扎了半天她才發現自己居然還會期待，期待他能出現在她夢裡，好好給她解釋發生的所有一切。

臨近期末的服裝畫課上，蔡佑怡讓全班自行表決是要上課、還是要做段考模擬卷。果然大考在即，放浪形骸的設計科生們也一樣會擔心，最後是由將近九成的高票，壓倒性決定了要做模擬卷。

正好管湘抬頭與蔡佑怡對上眼，她便讓她去導辦幫忙將卷子取來。

導辦關著燈，管湘就著窗外的日光、在班導說的位置找到考卷。模擬試卷好幾頁，整疊拿起來還是有些重量，她花了點時間搬動，接著直起身，本想直接離開，餘光卻瞥見辦公桌上的幾張紙，因而停下腳步。

那是班上其他同學交上來的服裝秀報名表，夾著附件被隨意疊成一落。當第一張紙上的服裝畫映入眼簾時，管湘就感覺不太對勁。她拍亮燈，將那一份報名表拿起來細讀，讀著讀著，手竟抖得幾乎拿不住紙。

服裝企劃名為《殘缺》，看上去沒什麼問題，可設計理念的部分卻幾乎與管湘《不完整的青春》如出一轍；最令她驚訝的是那三套服裝畫，與她的設計亦有極高的相似度，即便對方畫的是女裝，與她的男裝從本質上就有很大差異，但從色系搭配、配件處理到布料選用上，都雷同地讓人無法相信這只是巧合。

管湘抖著手放下報名表，幾度感覺自己呼吸不到空氣。

她……被人抄襲了？

模擬卷到手後，蔡佑怡宣布十分鐘後開始考試，所有人一下子進入了抱佛腳狀態，只有管湘例外，她把抽屜裡所有的書都攤放在桌面上，一本本仔細確認，連書頁間是否夾了東西都認真看過了，卻還是找不到她的素描本。

記有她設計理念和三套初版服裝畫的素描本。

一瞬間，腦海裡千頭萬緒。她首先想到的是若沒有素描本，她便無法證明那是自己的設計，何況她從未給人看過裡面的內容，連何天瑜都沒有，所以，沒有半個證人能替她佐證……如今對方先她一步上繳報名表，即便她再按著原樣做一份，也只有被懷疑抄襲的份。

她花了這麼多時間，甚至是經歷了其中某部分深刻才換來的設計，如今隨著一本素描本的遺失，也變得像是從來不曾存在過……就像她記憶中的言子陽那般。

考試開始了，教室陷入一片寂靜，所有人埋頭在試卷上做答，管湘吃力地想辦法專注，可是一行字她總得讀好幾遍，勉強讀進去後又馬上忘了上一句，到最後甚至有同學已經翻頁了，她還停在國文第一大題的第三選擇題。

漸漸地，她感覺看不清楚題目了，眼前的字糊成一片，好像整張考卷都在晃動，拿著筆的手也沒了力氣，頭突然變得好重、好重……

教室裡砰的一聲，所有人往聲音來源看去，只見管湘趴倒在桌上，一動不動。

刷——刷——刷——從哪裡傳來這樣的聲音。

管湘坐在花棚裡左看右看，誰也不在。她低下頭，發現手裡握著鉛筆，而腿上擺了張畫紙。她拿筆在畫紙上輕輕一掃，一道淺灰色像是髮絲的痕跡出現，可是瞬間消失了。

這讓管湘感到慌張。她提起筆又畫了一次，可幾秒鐘後，線條再次不見。

於是管湘開始不停地畫，使勁地、著急地提起筆，接著再次落下。刷刷刷的聲音越來越大，可每回她定睛一看，紙上仍是空白一片，白得像失去血色的人臉。

一陣暈眩襲來，她閉上眼睛——

睜開眼，映入眼簾的是一大片淺藍色，這一次管湘很快反應過來，自己被送到保健室了。幸好，剛才課堂上的只是不計分的模擬考，影響不大。她撐著手坐起來，仍感覺有點暈，背靠床頭，她看見一旁牆上黏著的便利貼。

「湘湘，妳好好休息，我先回去考試，下課再來看妳。」

是何天瑜的字跡，看來是她和同學合力送她過來的。管湘把便利貼黏回原處，一動不動地坐著。她來過保健室兩次，都沒在病床區看過其他人，整個空間顯得安靜寂寥，也不知道是湊巧沒撞上，還是她真的太體弱多病。

此刻，身後窗戶吹進來的風涼得她頭痛，可她不想躲避、也不想關窗。

她什麼也不想做。

這麼呆了一會兒，外頭突然有腳步聲傳來，管湘剛轉過頭，就看見顏以郡推開門進來。她總是那樣的，妝髮完整、氣勢逼人，好像沒什麼事情能讓她害怕。當她往床前一站，原本蒼白的管湘就更顯得像個病人。

「班導讓我來看看妳，」顏以郡用著公事公辦的語氣，「妳沒事吧？」

管湘沒說話。她的眼神在顏以郡臉上來回望著，最後與她四目相對。

良久，她才開了口：「妳為什麼……抄襲我的設計？」

她的聲音有些低啞，並且平靜地不像是在談論什麼嚴重的問題。

顏以郡的神色有瞬間的慌張，可一下子就不見蹤影。她輕輕咳了一聲，笑答：「我不知道妳在說什麼。」

可是她的笑容告訴管湘，她很清楚她在說什麼。

她甚至連掩飾都懶。

管湘吸了一口氣，緩緩吐出。她知道自己現在並沒有力氣大聲爭辯。

「那些設計，對我來說非常重要，請妳還給我，」她一字一字，說得緩慢而堅定，「請妳告訴班導，那些設計並不屬於妳。」

顏以郡眉角抽了一下，臉上笑容淡去，「我不會還給妳，也不會去跟班導自首——不對，我根本不知道妳說的是什麼設計，妳有原稿能證明那是妳的嗎？」

果然，是她偷走了她的素描本，否則便不會知道現在的管湘連原稿都沒有。

管湘沉默，只能用一雙眼死盯著顏以郡，想從她的表情中看出一點心虛來。

可她看到的只有帶了點不甘心的憤怒。

「妳以為，靠關係進來服裝設計科，會縫幾件衣服就成了嗎？還妄想著下學期服裝秀妳能得到第一名，是嗎？告訴妳，我絕對不會讓妳如願。」方才還談笑風生，這會兒顏以郡的眼裡又像是要迸出火苗來，「像妳這種藐視設計、半途出家的人，沒有一點基本功卻只想標新立異，待在科裡只是拉低了水準！」

放完話，顏以郡轉身就走，只留管湘繼續坐在床上，努力抵抗那不知道又是從哪裡湧上來的暈眩。她開始感覺冷了，而保健室病床上的薄被並沒有讓她覺得溫暖。

她想念她的絲毛草皮毯。

剛有這個念頭，管湘就離開了保健室，一路爬上美術大樓，虛弱得差點喘不過氣來。

踏進那扇鐵門前，她不是沒有過期待的，期待那兒會有個熟睡的身影，拿手擋著臉，長長的腿都放在了木椅外面。

可是眼前誰都沒有，只有原封不動的雜物，還有慘綠色的草皮地毯。

管湘在那兒躺下，背後有熟悉的柔軟觸感。當她抬眼望那萬花筒般的花棚屋頂，血糖過低的後遺症毫無防備地發作，一瞬間天旋地轉。她閉上眼，靜待不適的感覺過去，這才轉頭去看自己堆在椅子上的一疊東西，有課本、有小說，而最上面那本，是她的睡美男素描簿。

好像，有人在裡面夾了什麼東西。

管湘伸手抓起素描本，而夾在裡頭的東西飛了出來、掉在她胸口，拾起一看，是張硬紙卡，上面一串密密麻麻的數字。細讀之下，她才發現每個數字前都標明了項目，從上而下詳細寫著身高、體重、頭圍、頸圍、肩寬、胸寬……

左上角，小小的三個粗體字，寫著「言子陽」。

管湘抖著手，把紙卡翻過背面，只見一排龍飛鳳舞的字跡，她看了好久才看懂。

「TO　未來的大設計師：雖然現在還沒有辦法讓妳替我量尺寸，但……總有一天可以的，在那之前，妳就先將就用這個吧，是剛進公司的時候量的。」

句末，言子陽塗了個笑臉，然後簽下自己的名。

看到這裡，管湘就知道她再也有沒辦法欺騙自己了。

原來她在他睡著的那時候對他說，好想為他做衣服，他都聽見了。

昨天以前，管湘試圖催眠自己，有關言子陽的事情只是她的一場夢，只要別人不問、而她閉口不談，好像就可以掩蓋他消失的事實，而她繼續過她的生活。可是這張紙卡，一下子打碎她架構好的理智……她甚至能想像，言子陽埋頭寫這張卡片時的樣子。

是那麼真實。

管湘把紙卡夾回素描本,接著抱在懷中、緩慢地側過身去。她一點一點地把自己蜷縮起來,直到額頭幾乎能碰到膝蓋時,終於感覺有什麼熱熱的東西從眼睛裡冒了出來。

開始是一兩滴,到後來再也數不清。

一種萬念俱灰的疲憊充滿了她,她覺得自己再沒有力氣去做任何事了,不管是重新弄出一個設計理念、三套服裝畫,還是再回到工作室從那滿坑滿谷的雜誌中找到她要的布料,又或是去尋找一個新的模特兒,一個能像言子陽一樣,給她萬般靈感的模特兒……

如果躺在病床上的那人真的是言子陽,那麼她不知道自己這些日子以來,面對的到底都是什麼,可是當所有一切建立在這個看似荒謬的論點上,其他的不合理,就瞬間合理了。比如他為何一直待在頂樓、為何老是穿著制服、為何一直在睡覺、為何不讓人碰他、為何……

他為何救了她。

管湘哭得很用力,因為她知道這裡誰也不在。到了最後,她甚至連哭的力氣都沒有了,只能繼續蜷住自己,感覺臉上的眼淚慢慢乾涸。

閉上眼,管湘恍惚地想,或許她和言子陽曾經非常靠近彼此。

當言子陽動筆寫下這張紙卡、承諾總有一天會成為她的模特兒時,那是他們的心最靠近彼此的時候。即便在這段時間裡,他以近乎完美的謊言包裝騙過了她,可是管湘願意相信,他寫下那些話時,是真的想過總有一天為了她醒過來。

管湘嗖的一聲坐起來了。

她胡亂抹去臉上的淚痕，把素描本扔下然後離開頂樓。依舊是上課時間、依舊是合作社旁的小巷、依舊是高低差最短的圍牆，唯一不變的是，她開始用跑的了。幾乎沒有過遲疑，管湘縱身一躍、翻出了學校。

當她明白，她還是只想在報名表填上言子陽的名字時，身體就不由自主地採取了行動。想起言子陽曾經救過她，在他自身情況都不是那麼樂觀的時候，奮力救過想不開的她，那麼現在她說什麼也不能放著他不管。

所有其他的事情都不重要了，她的情緒、她的設計……曾經發生的事，是夢還是現實，她再不想深究。當管湘踏上前往市立醫院的公車，心裡就只有一個清晰的目標。

那就是言子陽必須醒來——她一定會幫著他醒過來。

第十章　盡力了

那天以後，管湘再沒去過學校工坊，也沒去過工作室，倒是經常帶著新買的素描本，到醫院去看言子陽。儘管言子陽沒有半點甦醒的跡象，連翻身都不曾，她卻還是喜歡在病房裡待著。

那裡足夠安靜，她可以專心畫圖，刷刷刷的聲音再大，也不怕把他吵醒，還有，只要她畫累了，抬起頭就能看到他。

也因為這樣，管湘發現，幾乎很少人會來探望言子陽。

羅伊是來最多次的，一週也不過兩、三天，通常和管湘聊個幾句後就會走；其次是言子陽的父親，管湘來了這麼多次，只見過他一回，在病房裡和主治醫生確認言子陽身體的各項指數後就離開了。

不管是誰來過，管湘都沒聽他們和言子陽說過話。

她不知道是因為她在、所以他們不好意思，還是因為現在的言子陽根本就聽不見聲音，所以沒那個必要。

病房裡依舊靜悄悄，管湘拉了張單人沙發坐在離病床很近的地方，兩隻腳縮在椅子上，手裡抓著鉛筆和素描本，看著言子陽的臉發呆。

羅伊總說，言子陽如今就算是頂著病容，依舊帥氣，可是在管湘看來，病床上的那人並不是生病，他只是睡著了。他的睡顏，和在頂樓那些時候沒有什麼不同。

她想起自己生日那天，躺在絲毛毯上告訴言子陽這件事，他明明聽見了卻裝睡；又有一次，她在他睡著時，呢喃著很想替他做衣服，而他聽見了卻依舊裝睡。

裝睡大概是他的強項吧。

於是管湘左手撐著下巴，第一次嘗試對床上的人說話。

「喂，」她看著他，眼睛一眨一眨地，「你別裝睡了，起來吧。」

什麼事也沒發生。

她默了半晌，想起言子陽曾經跟她要過她畫的他，又道：「你要是醒來的話，我就把那一整本素描都送給你。」

想當然，床上的人還是一點反應都沒有。

「唉……我到底在幹麼。」自覺這個行為有點笨，管湘把臉埋進臂彎，額頭枕著自己的膝蓋縮在單人沙發上，沒多久便睡著了。

睡了一陣，病房門被打開，管湘聽見腳步聲和細碎的談話聲，知道是護士進來查房了。有時候只有一位護士，今天則是兩個人一起進來。管湘不想和她們打照面，便繼續窩著，連頭也沒抬。

沒多久，兩個護士在言子陽的病床前聊起了他。

「這孩子真的是挺可憐的。」其中一個護士說。

「嗯？怎麼突然這麼說？」對方問。

「妳才剛來，不知道吧？」她回答，「當初他是因為媽媽離開他，所以吞了過量安眠藥才昏迷的，可是躺了這麼久時間，他媽媽一次也沒來看過他。」

「天啊，」對方驚呼，「這是什麼媽媽，太殘忍了。」

「而且差不多一個月以前，他對外界的刺激還是有些反應，醫生說，他好像只是賭著一口氣，不肯醒過來。」她又說，「可是有一天他爸爸來過以後，昏迷指數突然就往下掉了。」

「真的假的？」對方倒吸一口氣，「為什麼？」

「我聽說，他爸媽前陣子終於離了婚，」她說話的語氣慢慢激動，「而那一天，他爸爸來的時候，就在病床前把這件事告訴他，結果機器突然叫個不停，後來——」

管湘倏地抬起頭來，盯著說話的護士看，以至於她的話卡在嘴邊。

對方尷尬地問道：「……不好意思，吵到妳了嗎？」

這個音量，恐怕也只有言子陽不會被吵醒吧。管湘這麼想。

不過她還是禮貌地笑了笑，「沒有。」

檢查完病房，一切沒問題後，兩個護士就離開了。臨走前，還憐憫地望了管湘幾眼。

「……我看起來可憐嗎？」管湘嘆口氣，縮在椅子裡自問，接著攤開手上的素描本。

現實終究是要面對的，比如繳交報名表的期限就快到了，可她的進度還是一片空白。這陣子她什麼也設計不出來，就算看了再多範例也沒用，靈感說不來就不來。

言子陽擔任她的繆思也是夠盡責的了，如今他睡著，她的創作魂也跟著沉睡了。

想著一再拖延不是辦法，管湘隔週一就去找了蔡佑怡，拜託她再給她一點時間。

「為什麼？」蔡佑怡理所當然地問，「妳的創作速度我是知道的，比妳更慢的同學都有東西交上來了，妳到現在卻連個大概都沒有？那妳整天抱著個素描本，上課畫、下課也畫，究竟是在畫什麼？」

管湘低垂著眉眼，「原本是有的，只是……那些設計現在不能用了。」

「出了什麼事？」蔡佑怡追著問，「是工藝太複雜做不到？還是成本太高？」

「都不是。」管湘咬咬牙，最終忍住了，沒把事實說出口，「對不起，我真的有不能說的苦衷，請老師原諒我。沒能準時把作業交出來，確實是我不對，也知道這要求很無理，但我保證不會影響到下學期服裝秀的進度，也一定會交出一個讓妳滿意的作品。」

蔡佑怡盯著她許久，最後往後靠上椅背、雙手環胸，「好吧，妳希望我再給妳多少時間？」

管湘認真道：「就一個寒假。」

「可以，」蔡佑怡很乾脆，又道：「但不會是無償的，畢竟我要對所有同學一視同仁。」

也就是說會有交換條件……管湘點點頭，算是在她預料之中。

蔡佑怡從抽屜裡翻出一份文件，對她說：「我們服設科每學期都會拿到不少實習名額，這一份是短期的實習機會，妳從裡面挑一個參加吧……不過既然是用來交換遲交作業，實習完後不會替妳加學期總分，這妳能理解吧？」

「嗯。」管湘接過那份表，上頭密密麻麻列了接下來一個月內，有實習生需求的單位和數量。她大略掃了遍,卻在看到某個關鍵字後眼睛突然瞪大,心跳瞬間加速。

「我就去這個。」她指著其中一場服裝秀的名字對班導說。

「喔?」蔡佑怡低下頭來看著她的選擇,挑眉道:「妳確定?這位設計師在業內出了名的嚴格,而且參加她的秀很累……如果不是為了換加分,我會建議妳挑輕鬆一點的機會,比如這家服飾店的門市銷售、或是這個設計師的秀……」

「沒關係,我就去這場。」管湘堅持。

「好吧,」蔡佑怡搖搖頭,雖然搞不懂她的想法,卻還是尊重,「下下週就期末考了,而秀的時間是下週一,妳要掌握好溫書的進度。」

在管湘再三保證不會誤了課業的情況下,班導總算讓她填了報名表。

服裝秀那天,管湘光明正大請了公假,在午休結束後的那節下課從校門口離開。這感覺似曾相識,以前在舞蹈科時,她經常課中請假出去參加公演或比賽,那時候,邢華只要有空,就會來校門口接她。

只不過這兩個月,邢華正在國外帶團參加今年度第一場巡演,肯定既忙又累。於是這陣子學校發生這麼多事,管湘一件也沒和她說,就是不希望影響到她。

實習地點和上次她被言子陽找去打雜的是同一個地方。

在報到處換證以後,接待她的人很快就出現了……那熟悉的身影是安姊,人沒怎麼變,就是換了個髮型,看上去更幹練了。

「是……妳？」見到她，安姊睜大眼，「妳叫什麼名字來著……」

「我是管湘，」她把識別證上的名字翻給對方看，「安姊，好久不見了。」

兩人簡單寒暄了幾句，安姊對於管湘的出現似乎十分驚喜。

「不過妳不是非本科生嗎？怎麼還會想來第二次？」安姊拉著她的手，「我以為上次發生那件事以後，再也不會看到妳了。」

看來不只是她這個當事人，連工作人員都對那次的事情印象深刻。

管湘有些不好意思，「我現在是本科生了。」

「真的？妳轉科了？」安姊倒抽口氣，見管湘點頭後又驚又喜，「上回的秀結束之後，Brittany和我說過以妳的天分沒待在這個領域非常可惜，如今要是知道妳一腳踏進來，她肯定會很高興的。」

「……是嗎？」管湘愣了愣，想像不出來Brittany那張嚴肅的臉高興的樣子。

「唉，妳也知道我們設計圈子來去的人很多，可以堅持到最後的卻很少，尤其最近幾年斷層特別明顯，Brittany是個惜才的人，總是挺留意實習生的。」安姊的語氣轉為欣慰，「幸好那次的事情成了妳踏進這個圈子的契機，真是太好了……」

事實上半年多前誤打誤撞進入後台幫模特兒換衣服時，管湘的心境與現在全然不同，因此意外得到了這樣的評價，她著實訝異。

兩人一面閒聊一面來到後台。管湘看著架上的衣服，留意到這次的風格和上次的柔軟完全相反，一整系列的軍裝，用了許多硬挺的皮革和布料，多層次的設計給人一種強悍的感覺。安姊帶她到屬於她的那列服裝前。

「工作內容和上次一樣，沒忘吧？」她笑著將line up的表格拿給管湘，「如今妳已成了本科生，什麼該注意、什麼不能犯，我想妳應該都了解了。」

管湘點點頭，「我會盡力做好，上次的錯誤也不會再犯的。」

經歷了設計理念被人抄襲的事件後，管湘已然明白，當創作被人侵犯時會感到多麼難受，同時也就能理解上一次Brittany對她說的一番話。

話到一段落，安姊問她還有沒有什麼問題，管湘幾度欲言又止，最後還是鼓起勇氣。

「安姊，其實我有件事情想請妳幫忙。」

「喔？」安姊點了點頭，十分樂意的模樣，「什麼事，妳說說看。」

管湘道：「今天的秀結束以後，妳能安排我和Brittany老師見一面嗎？」

「啊？見一面？」安姊有些詫異，「妳要找她簽名嗎？Brittany是不幫人簽名的，合影也不行……」

「不是，」管湘連忙解釋，「我只是有件重要的事情要跟她說。」

「重要的……事情？」任安姊怎麼想，也想不通一個實習生能有什麼重要的事情，非得和她老闆見一面不可，「我……我是可以替妳轉達，但是我沒把握能請得動她。」

「沒關係，」管湘從牛仔褲口袋摸出一個信封交給安姊，「妳只要把這個交給她，確保她打開來看一眼，她肯定會同意的。」

「是嗎？」安姊瞪著手裡的信封……該不是恐嚇信吧？

「請安姊一定要替我轉交，就說我會在側門出去走到底的販賣機那兒等她。」管湘鄭重地握住安姊的手，滿臉懇求，「拜託妳了，這件事對我來說很重要。」

大概是看管湘煞有其事的模樣耽誤不得，安姊最後終於答應下來。

安姊走後，管湘便回過頭專注地進入前置作業，把所有衣服和配件清點一遍，並開始記下穿脫的順序。為了不負安姊的慷慨相助，她必須確保今天的工作狀態完美零失誤。

今天合作的對象，是個古銅膚色的混血男模，氣質剛硬，很襯軍裝的主題。管湘一路戰戰兢兢，力圖所有細節都做到最好，雖然在快節奏又高壓的後台工作下，難免還是有手忙腳亂的時候，卻都還是有驚無險地度過了，最後在謝幕的掌聲中，她鬆了一口氣。

但其實，她真正的挑戰，現在才正要開始。

待後台的服裝和配件清點完畢、讓助理收走後，工作人員紛紛散去。管湘一個人從側門離開，穿過走廊到了有販賣機的角落，坐在第一次來的時候，碰見言子陽的那個咖啡座上。

方才，她信誓旦旦地對安姊保證，只要Brittany打開信封看一眼，就一定會願意來見她，但事實上，她心裡半點把握都沒有。她對這位大設計師的認識，就只有透過媒體和言子陽，在媒體口中，她是個專業且出色的設計師，而在言子陽口中，她是個為夢想拋夫棄子的女人。

所以管湘無從確定，在看到信封裡的東西後，Brittany究竟是會好奇，還是會事不關己。

她……到底還愛不愛自己的兒子？

坐了半個小時，就在管湘認為她的計畫要落空、Brittany不會出現的時候，卻聽見踩著高跟鞋、小跑步而來的聲音，那一刻，她心裡的石頭放下了。

這位大名鼎鼎的設計師，出現在她面前。

管湘馬上站了起來，恭敬地打招呼：「老師，您好。」

Brittany攤開手裡的紙，問道：「這是怎麼回事？」

她拿的正是管湘託安姊轉交的東西。那紙上，畫的是病床上的言子陽，以管湘如今的畫技，可以說是栩栩如生。

「老師，您先請坐。」管湘說，並回頭往販賣機上按了兩杯美式咖啡。咖啡做好後，她回到座位旁，將其中一杯推到了Brittany面前。

「如此冒昧地約老師見面，實在不好意思，」管湘坐下來，歉然道，「先跟您簡單地介紹我自己，我是漢平服設二的管湘。前陣子因為一些意外，偶然認識了這個叫言子陽的人——老師，他是您的兒子，對嗎？」

Brittany掃了眼畫紙上的人，又看著管湘，「不錯。」

「那麼，他昏迷躺在醫院一年多的事，您也知道嗎？」

對桌的人快速地點了個頭。

管湘於是深吸一口氣，丟出了最關鍵的問題，「聽說，您一次也沒去看過他，為什麼呢？」

這問題不只關鍵，也是管湘在來之前最好奇的。

她知道Brittany在成為知名設計師的道路上，或許非常忙碌，但躺在病床上的人畢竟是自己的兒子，會變成那樣也是因為她的離開……整整一年多的時間未去探視，管湘實在想不出理由來。

良久，只見Brittany的手摸上咖啡的杯身，道：「妳會去看一個恨妳的人嗎？」

管湘愣了許久，「恨……誰？」

「如果有一個人因為妳而躺在醫院裡，他和他身邊的人都非常恨妳，」Brittany輕輕地說，「這樣妳會去看他嗎？妳有勇氣去嗎？」

「您的意思是，言子陽他……恨您？」管湘問。

「他的父親恨我，並再三強調，說子陽也非常恨我，讓我不必出現在他們父子倆面前。」Brittany嘴角一抹淺淡的諷刺，是對自己的，「他們恨我讓一個好好的家變成現在這樣、不願見到我，那也很合理，的確是我不對在先。」

管湘沒回話，只是看著對面那人，微微蹙眉。

「他的父親不願告訴我子陽究竟在哪裡……雖然，我要是真的想問，絕對問得出來，」Brittany又道，笑了笑，「但他的父親卻說子陽見到我病情只會加重，當初就是因為沒料到自己的母親如此狠心，才會想不開做傻事……我想他說的也沒錯。我是很想去看子陽，但是這種情況下，我實在沒臉去……」

因為以為自己被憎恨，所以從不出現。

但這些話聽在管湘耳中，即便只有短短幾句，她也很快地明白，所有矛盾都是出在言子陽的父親和母親之間，這個家庭今天會走到如斯樣貌，也絕對不是只導因於Brittany的離開。

如果只是因為父母間的矛盾，就永遠等不到母愛，那麼言子陽也太無辜了。

管湘同樣伸手握住了咖啡杯，掌心傳來的溫熱像是種鼓勵，於是她開口：「老師，關於您家庭的詳細情況，我並不清楚，但有一點我可以肯定……您的兒子，他不恨您，他很想念您。」

Brittany看著她，並沒說話，可眼神有滿滿的懷疑。

「也許您不相信，但據我所知……他對您的經歷、您的核心設計理念，以及您每一個時期的作品都瞭如指掌，上一次您在這裡舉辦服裝秀的時候，他——」說到這，管湘頓了頓，最後改口道：「他肯定也非常希望能來現場看的……連主治醫生都說，他之所以醒不過來，不是生理上的問題，而是心理——老師，他很想您，他憋著一口氣不肯醒，就是希望等到您去看他。」

管湘一席話說完後，兩個人之間迎來了一陣沉默。Brittany的雙眼始終盯著她，一眨不眨，然後慢慢地，管湘看見她的眼睛變得有些紅，眉頭也蹙了起來。

她瞬間就明白了，眼前這個女人怎麼可能不愛她的兒子呢？

於是管湘決定乘勝追擊，「不瞞老師說，下學期我們科上的服裝秀，我想找言子陽做我的模特兒。我認為他很有潛力，在台上也是個很耀眼的存在，我找不到比他更適合的人選……他是非常優秀的模特兒，以後在這個領域也肯定會大放異彩，可前提是——」

她停下來喘了口氣，只見Brittany正愣愣地等待她說完。

「前提是，您得讓他醒過來……如今可以辦到這件事的，只有老師一個人了。」

見到Brittany聽完這些話的神情，管湘不知道為什麼就有種預感……她知道，這個母親一定很快就會去探望自己的兒子。她無法保證Brittany的出現一定能讓言子陽醒過來，但是……他現在最需要的人是自己的母親，關於這點判斷，管湘還是很有信心的。

畢竟她和他，也以「某種形式」相處了小半年，夠久了。

「謝謝老師抽空聽我說完這些，」管湘站起身，誠懇地看著她，「醫院的位置和病房號碼我都寫在那張畫的背面了，期望能早日聽到好消息……我先回去了，再見。」

說完話，她大步走開。

管湘沒有回頭看Brittany的表情，也知道這個時候不回頭是種禮貌……大設計師肯定不樂意自己紅著眼哭泣的樣子被人瞧見。於是管湘快步走，離開展場後，搭車回了學校。

還有兩堂英語課，上完了才放學，如今臨近期末考，老師讓大家自習、有問題的再到台前去問。於是管湘就趁著兩節課的時間，在位子上不斷翻找網路資料，一面在圖紙上試畫著各種不同的版型，努力找回感覺。

何天瑜坐在她隔壁，管湘畫了兩節課，她也就看了兩節課。好不容易熬到放學，所有人收拾書包準備回家，管湘還把頭埋在桌上，手裡握著鉛筆也不知道到底在畫什麼大作。

「湘湘，」何天瑜忍不住了，湊上前去看，「妳到底在畫什麼？」

「找靈感，畫新設計。」管湘答，一張紙被她塗得雜亂。

何天瑜不知道管湘的設計被人抄了，以為她是因為言子陽的事，才把舊的設計砍掉重做。

「班導同意讓妳下次開學再交了嗎？」她問，聽見管湘嗯了聲，於是又問：「那妳新的模特兒找到了嗎？是誰啊？羅伊嗎？」

管湘皺著眉，「我沒換人啊。」

何天瑜愣住了沒說話，兩人之間陷入了一陣沉默。沒多久，管湘才意識到已經放學，飛快把東西全部塞進書包裡跳起來，拉著何天瑜的手往外衝。

「去哪裡啊？」何天瑜緊張地問。

管湘只是說：「排工坊。」

被抓著手跑的人一面頭昏眼花、一面想……管湘這個狀態跟她一開始決定做男裝的時候很像，難道她已經從言子陽的事情中振作起來了嗎？

這強大的心理素質……

期末時候，溫書比什麼事都重要，平時泡工坊的人大約都去了圖書館，於是她們沒等很久就排到了位子。何天瑜什麼也沒帶，只好在一旁看著管湘從提袋裡掏出各式布樣，手裡還抱著一本極厚的布料工具書查閱。

良久，何天瑜才反應過來——剛才管湘說沒換模特兒人選，所以她還是打算找言子陽。

問題是，言子陽現在的狀態……

於是她擔憂地看著管湘，而後者絲毫不覺，已經完全陷入自己的小宇宙。

「湘湘，妳到底……妳……」何天瑜實在不知道該怎麼問，有些猶豫，「妳還好嗎？」

管湘瞥了她一眼，「我看起來不好嗎？」

何天瑜於是語塞了。管湘看起來挺好的，雖然前陣子因為言子陽的事情瘦了點，但現下看上去的確在狀態內。她是假裝的還是真的，行為上是看不出差異的，何天瑜只能從她的眼神看出端倪。

而管湘的雙眼這會兒看起來，認真地好像要冒出火焰。

可是，模特兒不換人還是不行的……何天瑜突然清醒過來。

「湘湘，妳聽我說，」她抓住管湘的手，第一次這麼強硬打斷她的工作，「雖然班導已經讓妳把設計延後到下學期開學再交，但是在那之後馬上就要開始準備樣衣，到時候就會需要模特兒來現場量身；樣衣做好後，要給模特兒試穿，不適合的地方才能修改；期中以後，要讓模特兒穿上完成的服裝、拍作品集；最後，要讓模特兒上台走秀。」

管湘盯著她，一臉莫名其妙，「這些我知道，妳不用跟我說。」

說完，她想掙開何天瑜的手，後者卻再次抓緊她，「湘湘，難道妳沒有聽出來我剛才那段話的關鍵字嗎？是『模特兒』啊，妳說妳不打算換人，那請問到時候量身、試裝還有正式走秀的時候怎麼辦？到醫院去走嗎？」

管湘聽完了她連珠炮的一段話，才終於知道這位好同桌究竟在擔心什麼，她眨眨眼，一時沒回話。至於何天瑜，劈里啪啦說完其實就馬上後悔了……她這不是在戳管湘的傷心處嗎？她會不會崩潰啊……

沒想到，管湘笑了。

「放心吧，他會醒來的。」她把桌上的東西收了收，對何天瑜道：「餓不餓？我們去吃晚餐吧，學餐今天有糖醋排骨呢……」

於是一臉茫然的同桌，就又這麼被帶著走了，什麼情況都沒搞清楚。

期末段考完，立刻就放寒假了。

開始的幾天，管湘讓自己徹底進入放假模式，不寫功課、不貼剪報，不做衣服也不畫稿。她甚至不出家門，只有每天起床後到社區的公設舞蹈教室去，做些強度比較低的瑜珈。如今她的腿已經恢復大半，即便無法跳舞，日常生活與一些溫和的運動還是沒問題的。

邢華在寒假第一週後結束巡演回國。

那一晚，管湘主動邀她去工作室樓下的飯館用餐，並邀了李朝明同行。這位行事謹慎保守的醫生，在來的時候謹遵管湘的請託，提了個六吋的蛋糕，三人好在飯後慶祝邢華的生日。

看似輕鬆虛度的日子，只有管湘自己知道，她在等待什麼。

直到某一日她終於看到那則新聞：Brittany工作室發表近日的公開行程，上頭顯示她即將飛回紐約，預計接下來半年會專注於個人品牌在紐約當地展店的事宜，短期內不會回到國內。

那瞬間管湘知道，是時候了。

她扔下手機、跳下床，換了套便服後搭公車去了市立醫院。

有陣子沒來了，但前往病房的路依舊熟悉。她踏著忐忑的步伐，最後在那熟悉的門前止步，懷裡還揣著從美術大樓頂帶回家的睡美男素描本。

從上一次和Brittany分開後，她就在等這一刻，可當真的到來時，她卻又膽怯了。

「在害怕什麼呢？」她輕閉眼睛，問自己。

雖然有那麼幾個瞬間，管湘覺得還是掉頭回去算了，可最後關頭，她依舊咬了咬牙，伸出手來握住了門把。當金屬的冰冷透過掌心傳遍全身時，她不住地顫抖。

蓄力，然後，推開。

病房裡，所有的窗簾都拉開了，窗明几淨，陽光透進來灑了滿地金黃。病床的隔簾被束起來收在一旁，往裡望去，視線沒有半點阻隔，一下子就能把整個病房內看清楚；病床上，棉被整齊地摺疊過後收在床尾，床單平整地沒有一點皺褶。

沒人。

那人所有的痕跡，都已經不在這個病房內。

管湘站在那兒，一步都沒往裡面走。她雙手緊抱著素描本，動都沒動，可眼淚刷的一下，不住地從眼眶裡往外衝。從背後看上去，先是細微的顫抖，最後才看見肩膀明顯的抽動。

曾經看過管湘幾次的護士推開門進來時，瞧見的就是這幅景象。

「唉唷，妹妹，妳別哭呀，」護士站在門邊急忙地安慰她，「妳男朋友已經出院了，這是該高興的事情吶。」

話說完，她就見管湘轉過臉來，眼淚沾溼她的兩頰，她卻笑著，像是從未這麼開心過。

「我知道，」管湘說，吸了吸鼻子又道：「謝謝。」

她的眼神亮得幾乎要把身後的陽光給比下去了。

平復心緒以後，管湘把眼淚擦乾、又洗了把臉，和護士聊了好一下，明白了事情經過。後來她接了一通電話，收線之後就離開醫院，去附近見了一個人。

那人，給了她一樣東西。

傍晚，管湘來到一處舊公寓，看上去是幾十年的老房子了，樓下的大門還是木製的，上頭的紅漆斑駁，連鎖都是壞的。她拾級而上，最後停在三樓左邊那戶的門前。傳統的鐵門鏽跡斑斑，而內裡的木門並未完全掩上，因而能聽見裡頭傳來的聲音。

「……又要拿錢？」是個高分貝的女音，同時伴隨拍桌子的悶響，「妳爸爸帶著妳這個拖油瓶來娶了我，我一聲不吭把妳養大，妳給過我什麼？一開口就是錢錢錢……我欠妳了是嗎？」

被這麼言語攻擊著的另一方沒有回話，只是靜默。

女人繼續嚷嚷：「讓妳好好去讀普通高中，妳不肯，偏偏要去考什麼藝高……藝高的學費多貴啊！妳以為我們家很富有？供得起妳三天兩頭買布料、買配件？要不是妳拿了第一、學校願意補助妳高二一整年的學費，我早就讓妳休學了……妳妹妹才剛出生，家裡正是用錢的時候，沒必要的花費不要伸手，聽到沒？」

突然，一道女嬰的哭聲響起，把原先就暴躁的氛圍，又添上了一份不大不小的火花。管湘咬咬下唇，伸手按下電鈴。

女嬰哭得更厲害了。她聽見女人說：「快去開門！看妳把妳妹妹都吵哭了！」

一陣踩著拖鞋的腳步聲靠近，接著半掩的木門被人拉開，從鐵門的縫隙中，管湘看見顏以郡的臉。她一頭金髮褪了色，髮根也長出不少黑髮，看上去挺狼狽。難得她脂粉未施，素淨的臉、蒼白的唇色，配上空洞的眼神，正是一個剛被罵完的人該有的神情。

見到管湘，她的臉色有些鐵青，不願開門，「……妳來幹麼？」

管湘舉起手裡的東西，冷靜地對顏以郡說：「不想後悔，就開門讓我進去。」

正是當初被偷走的那本素描。

顏以郡瞪大眼，不甘願地打開鐵門。管湘走進去，第一步就踩到了東西。她低下頭，放了滿地的鞋子和雜物，讓她甚至沒有一個能下腳的地方。顏以郡像是早就習慣了，目不斜視地踩著那些東西回到室內。

她正要領著管湘到房間去，就被從廚房探出頭的女人怒罵：「……家裡這麼亂，幹麼帶同學回來？不會拿拖鞋給人家穿嗎？回房間給我把門關上，別吵妳妹妹睡覺……」

管湘瞧著顏以郡的臉色像是要爆發的樣子，卻還是彎下腰來，試圖從旁邊的鞋櫃裡翻出室內拖鞋來給她，可怎麼都找不齊一雙。

「不用麻煩了，」管湘低聲道，「直接進去吧。」

她跟在顏以郡身後進了她的房間，關上門、落鎖，只見顏以郡把堆疊在書桌椅上的整坨布料搬開，示意管湘坐那兒，她自己則是隨便坐在床上，「說吧，妳想怎麼樣？」

管湘不動聲色地打量四周，書桌椅、衣櫃、床架，都挺舊了，牆壁也斑駁地不像話，但是比起剛才一路上進來看見的，顏以郡的房間算是乾淨整齊很多，方才搬走的布料，應該也是她弄到一半的作業。

原本她是打算，無論如何都要在這事情上，把自己失去的東西討回來的。

原本。

可現下，管湘突然不想了，來之前在心裡準備好的談判說詞，如今沒有用武之地。曾經想過揪著顏以郡的頭髮到班導面前去認錯，回過頭來也只是想想罷了。

她把那失而復得的素描本放在桌上，開口道：「小梅剛才跟我說，她要轉學了，臨走前把這個還給我，為了讓我有東西去跟班導告狀，她還親自錄了一段自白給我。」

方才在醫院，小梅突然打電話給她、約她去咖啡廳，就是為了坦白當初受到顏以郡威脅，去偷管湘素描本這事。

顏以郡在床上無所謂地笑了聲，「我就知道，從我上次搶了她的布料，就猜到她總有一天會生事……所以呢，妳要到班導那邊去告發我嗎？」

管湘同樣冷靜，「我如果告發妳，妳連參加服裝秀的資格也沒有，知道嗎？」

學期總成績百分之四十五，不是可以不當一回事的分量。

「我當然知道，可那又怎麼樣，我早就想過了……」顏以郡並不看她，說起話來有點自暴自棄，「以前班上沒有妳，我還能拿第一、得到學費補助，就能繼續念下去；可現在有了妳……如果不能得第一名，我連參加的意義都沒有。」

管湘不說話。事實上，和她心裡預想的差不多。

這人為什麼要抄襲自己的設計？剛才在門外聽到那些對話時，她就想明白了。

「妳剛才也聽到了吧？那女人不想花錢讓我讀服設，」顏以郡轉身從書架上抽出自己的服裝畫作品集，一面翻一面感嘆，「漢平藝高服設是國內第一，我多麼辛苦才考上的，這對她來說一點意義都沒有。我的零用錢全部拿去買布料了，偶爾不夠用和她伸手，就會家庭革命……說實話我也累了，真羨慕小梅能轉學。」

空氣裡帶著一點霉味，那是老房子特有的味道。

管湘呼了口氣，不冷不熱地說：「這些是妳自己的課題，與我無關，妳也不該因為這樣，就抄襲我的設計。」

「是，我承認我錯了，」顏以郡幾乎想都沒想便說，「我想得第一名、想獲得學費補助想瘋了……當時無意間偷看到妳的設計，我就知道我不會贏，所以一時衝動做了蠢事……我很抱歉，既然妳已經發現了，去和班導說吧，反正沒了補助，我一樣得休學，倒不如不要白忙一場……買布料那些都要花錢的。」

窗外，正是夕陽西沉時，金黃色的光把老房子的內部盈滿，看得見空氣中的細小毛屑。

她們的青春原本是個圓，只是後來漸漸缺了角，變成自己獨有的樣子。

管湘瞇起眼避開那道直晒的光，「我就問一個問題，妳對服設到底有沒有愛？」

「沒愛我考了幹麼?考心酸的?」

「那好,」管湘起身,拿起她的素描本放進包裡,慢條斯理道:「設計理念原本就存在許多雷同,既然妳有共鳴,就拿去用吧,我沒什麼意見。但是初版的三套服裝畫,我希望妳按照自己的想法重新設計以後交上去,班導那裡,妳自己想辦法說服她。」

顏以郡皺起眉頭,「……妳知道妳在說什麼嗎?」

「當然,就因為同樣熱愛服設,所以我很清楚……」管湘背起包包,準備離開,「妳要是拿著我的設計得第一名,一輩子都不會開心的。」

她的手剛握上門把時,顏以郡叫住了她。

「妳為什麼要這麼做?」她帶了點情緒質問管湘,「同情我是嗎?覺得我很可憐?」

「妳可以這麼想,如果會比較好過。」管湘頭也不回地輕輕說:「但我只是覺得,妳值得第二次機會。」

話說完,她走了。走的時候,屋子裡很安靜,女嬰睡著了,女人也在一旁小憩。

踏著樓梯往下,管湘雖然不肯定自己這麼做是對的,但至少心裡好受很多。

因為她知道,青春的價值就在於,每個人都能擁有重新來過的機會。

第十一章　完整了

「我能看一下上面那捆布嗎？」管湘踮起腳，伸長了手指著，「深灰色那塊。」

因為置放於最頂層，廊裡燈光又不平均，以至於管湘一時沒能看出那是什麼面料，只隱約有種感覺，那可能就是她正在找的東西。

「哪一塊？」布行老闆拿根長竿比了比，「內裡是湖藍色這塊嗎？」

管湘點點頭，老闆於是拿來了一疊樣布給她。

「這是水洗帆布，大理石紋有九個色，」老闆說，翻過樣布本的另一面，「如果妳喜歡，我們還有森林紋跟雲彩紋。」

森林和雲彩紋路在管湘眼裡太過細緻，不符合她要的感覺。她集中目光於大理石紋上，又伸出手反覆摸了好幾回。料挺、耐髒，只要挑對顏色就可以同時給人強悍和溫暖的形象……她的眼神飛快瞥過紙板上的九片樣布，在倒數第二塊停了下來。

「好漂亮的粉色。」她忍不住驚嘆。

「同學，妳有眼光，這種粉色只有我們家有進，」老闆替她將樣布翻開，「妳如果去別的地方看，都只能找到明度和飽和度高的嫩粉色，找不到這種乾燥玫瑰色。」

管湘又摸了幾回，越看越滿意，「那我就要這個粉，還有旁邊的煙灰色。」

「好，要多少？」

「煙灰要九碼，粉色三碼。」

「沒問題，妳稍等啊。」

老闆回頭去裁布，管湘就繼續在布行裡晃著。今天出來一趟的目的已經達成，她心滿意足，離開的時候，嘴角的笑容就一直提著沒放下來過。

如今高二下開學兩個多月，所有服設科生都進入忙碌狀態，早前管湘已經把新的一份服裝企劃交給班導，最近一面應付學校的作業，一面趕製服裝秀的作品，而這陣子花掉她最多時間的，就是到處去找布料。

她不是個容易妥協的人，找不到心目中最理想的那塊布，她只會一家換過一家、繼續找下去。按何天瑜說，她這性格叫搞事，可管湘覺得，那是身為創作者該有的堅持。

今天是週六，而這禮拜的進度，總算在她去了趟布市以後有點進展。下午，管湘迫不及待提著戰利品回到舊街上的工作室，從包裡掏出鑰匙，剛要開門，才發現不對勁。

門沒有關，而是留著極小的縫隙輕輕掩著。

管湘一瞬間慌了……難道她剛才出門時，沒把門確實關上？如果是，那她可就闖大禍了，工作室裡面有多少稀有的布料、雜誌和昂貴的機器，要是遭竊了可怎麼辦？

重點是，那都不是她的，是Brittany K的啊——

不對。管湘輕拉開門，見整個室內亮晃晃，愣了愣。

工作室的燈需要鑰匙上的電子鎖感應後才能啟動，而她很確定自己隨手關燈的好習慣、不會在這種時候出錯，也就是說……有誰來了，而且那個人的手上也有鑰匙。

管湘輕手輕腳地往裡走，遠遠就見到一個高眺的背影，正站在工作桌前翻看她的素描本。春寒料峭，那人套了件中長版的卡其色軟風衣，配著淺藍單寧的合身牛仔褲和小白鞋，頭髮則是染回了簡單的深棕。

站在他背後不遠看著，管湘屏住呼吸。

終於，看到他穿制服以外的衣服了。

也不知道是聽見了動靜，還是感受到背後投來的目光，那個身影慢慢轉了過來。

管湘的心臟一下子揪緊。

言子陽面無表情地望著她，就像第一次在頂樓相見時那樣。

她記得前陣子曾經問過何天瑜，關於那本《鬼新娘》的結局。

「妳之前說的那個古代將軍和女鬼戀愛的故事，後來……怎麼樣了？」

何天瑜想了想，「嗯……將軍用禁術，把女鬼復活了，可是女鬼醒來之後，完全不認得將軍、也忘記兩個人相戀的回憶了。」

那時候，管湘憂鬱地放下了手上的剪刀，「所以是壞結局？」

「沒，好結局，」何天瑜說著擺了擺手，「將軍可豁達了，心想忘了就忘了吧，大不了重新把她追回來。」

此時言子陽臉上的表情，讓管湘想起了曾經的這段對話。

她突然有些猶豫，到底該說「好久不見」，還是「初次見面」。

結果倒是言子陽先邁著長腿朝她過來了。

他和管湘記憶中的樣子無二，就是好像更好看了點，也不知道是因為太久沒見面，還是所謂「本人比較帥」的魅力作祟，當那個一九二公分高的身影站在她面前時，她整個人都不對了。

言子陽向她伸出了右手，「初次見面，我是言子陽。」

管湘愣住，先是看著那張木然的臉、再垂頭看那隻等著她回握的手。

看來，他是跟那本書裡的女鬼一樣，醒來後就把她忘了吧。

她的心突然就沉了下去。

真的……要從頭來過嗎？

管湘愣愣地伸出自己的右手，可就在即將碰到言子陽的那一瞬，她習慣性地縮了縮。

「現在……」管湘抬起眼看他，「能碰你了嗎？」

說出這句話時，管湘並不知道這幾個字具備的魔力，可言子陽的表情突然就生動了。剛才的面無表情像是一面牆，如今聽她一句話，忽地就陷入坍方。他眉頭緊蹙、一語不發地用伸出來的右手握住管湘的，然後一使勁、便將她拉進懷裡。

當管湘的臉碰到言子陽胸膛的時候，才明白，原來他也可以這麼溫熱。

那個用手掌替她掩去流淚痕跡的人，本就是一個溫暖的人啊。

「對不起，騙了妳這麼久，」言子陽的聲音在她耳邊響起，聽著沒什麼變，只是第一次靠得這麼近，「一開始是怕嚇到妳，所以沒說，後來……不知道怎麼說，也找不到機會說。」

想著前因後果，管湘靜了下。

「所以，你不是排斥別人碰你，你只是……」管湘想了想以後悶道：「怕我發現？」

「是，」她聽見他的聲音裡總算添了點笑意，「但我很高興，妳最後還是發現了，而且妳一點都不害怕。」

「誰說的？」管湘一陣惱怒，掙開他的手，「那是你沒看到那陣子我有多崩潰。」

言子陽又一次把她拉向自己，「我知道。」

他沒看到，可是醒來以後，都聽羅伊說過了。

管湘靜靜的，原以為重逢的這一刻她應該是會哭的，可是當這一刻真的來臨，她卻一點也不想把時間浪費在哭泣上。

「不過，剛才看見我的時候，為什麼笑都不笑一下？繃著一張臉，害我還以為……」

以為你把我忘了。

「唉唷，」言子陽摟著她笑得特別開心，「第一次正式見面嘛，我就想要個帥。」

管湘忿忿道：「帥個鬼。」

「是啊，妳見過像我這麼帥的鬼嗎？」

「……說得好像我專長見鬼一樣。」

「哪可能，不夠帥的入不了妳的眼。」

「……」

管湘不說話，言子陽也跟著不說了。

兩人安靜了很久很久，似乎都在想曾經發生的事。

最後，言子陽低下頭，「我很想妳。」

那聲音就在耳邊，管湘動了動，隨後道：「……我也是。」

久別重逢，可以不說話就這麼待著，管湘心裡是欣喜的，只可惜，言子陽雖然宛若重生般站在她面前，欠管教的性子卻還是和從前如出一轍……如此歲月靜好，他偏要開口說胡話。

「那個……有件事想問妳。」

「什麼？」

「之前妳說，我要是醒來了，就把整本素描送我，」言子陽也不知道是不是故意的，附在她耳邊悄悄地，說得管湘頭皮一陣麻，「這話還算不算數？」

管湘一把推開他，整張臉漲成了嫩粉色，「……你都聽到了？」

不是昏迷著嗎？

言子陽笑得沒心沒肺，「嗯，一字不漏。」

管湘閉著眼睛深吸了一口氣，右手的拳頭沒忍住、飛了過去，「……我讓你裝睡！」

言子陽本來是想討債的，這下反被管湘追得滿場亂跑、哀叫連連。

「我還是不要讓妳碰我比較好，」他一面笑、一面閃躲，「我不想挨揍……啊！」

嗯，鏡頭拉遠一點看，按下靜音、再配個美妙的音樂……

如此，也算是另類的歲月靜好……吧？

「妳準備好沒有？」

「沒。」

「別怕，來，跟著我深呼吸。」

「……我不做了還不行嗎？」

「臨陣脫逃怎麼行呢……當初是妳自己說要的啊。」

「……好吧。」

「那我脫衣服了啊。」

「……」

管湘瞇起眼睛，只露出一小點縫隙，看言子陽背對著她，右手隨便往後頸處一抓——身上的白T就這麼扒拉下來，瞬間，光裸的大片背脊出現在她眼前。

她嗖的一下閉起眼，順手摀住了臉。

突然想起第一次到服裝秀後台做服裝助理的時候，也是如斯光景，只不過那會兒模特兒都是素昧平生的人，且進入工作狀況以後，早對此見怪不怪了。只不過，現下站在面前的這人，她與他可不是什麼簡單的關係——

「好了沒啊？妳還躲。」言子陽此時脫得只剩一件合身四角褲，他上前把管湘摀著臉的手抓開，「要做就趕快，我快冷死了。」

好吧，一不作二不休——管湘紅著臉，輕輕咳了一聲，從口袋裡掏出了……軟尺，開始給言子陽量身。

量身的時候，站個幾百米遠肯定是不行的，想得到精確的尺寸，她就得離他近些，尺點從左肩貼到右肩的時候，管湘的呼吸都噴到言子陽身上了。

言子陽不動聲色地一抖，臉上強裝鎮定。

「不過就是量個身，穿衣服不也能量嗎？」管湘的手伸到言子陽背後，沿著腰線把尺抓到前面來，一邊轉移注意力似地發牢騷，「你就非得脫成這樣……」

「大設計師，麻煩妳專業一點，尺寸精確才做得出完全合身的衣服，不信的話，妳可以問我媽，我現在就幫妳打電話給她……啊！別趁機打人。」言子陽裸著上半身卻不安分，一路對著管湘囉嗦，「有什麼好害羞的，妳把我當人台就好啦。」

管湘低頭記錄著尺寸，聽到這話抬眼看他，「把你當人台，確定？」

嗯，怎麼有點不祥的預感，「……怎麼樣？」

「測量人台第一要務，」管湘說著從手腕上的針包拔起一根絲針，「做記號。」

言子陽一下跳開幾十公分遠，舉起雙手防衛，「我錯了、我錯了，手下留情。」

於是當何天瑜帶著羅伊來到工作室時，看見的就是這般畫面：手裡捏著尺和針、滿臉戾氣的少女以及幾公尺外正做出防衛姿勢的裸男……呃，半裸。

而原先高高興興舉著炸雞桶的何天瑜，有點不知所措地把手放下了。

「我們……來的不是時候嗎？」她偷偷地問一旁的羅伊。

羅伊嘴角都是揶揄的笑，「怎麼會？正是時候。」

好不容易結束了鬧得雞飛狗跳的量身大會，言子陽把衣服穿上，只見管湘一拿到齊全的尺寸表後，眼裡就只剩下樣衣、再沒有他，瞬間感到微微心寒。他到門口去將暫時迴避的兩位客人給請進門，三人在沙發區開啟了派對模式。

桌上有炸雞，有可樂，都是高熱量食品之最。羅伊以言子陽大病初癒、要多補身體為由，勸他多吃點，自己卻只喝白開水；何天瑜則是打量著兩位身長過人的模特兒，眨了眨眼睛。

「為什麼……你們兩個會想當模特兒啊？」她問。

「我從小就比別人高，」言子陽忙著吃炸雞，羅伊只得先答了：「通常大人們會說，高個子長大可以去打籃球，但我太瘦了、皮膚又白，我爸媽就經常告訴別人『我兒子長大要當模特兒』，嗯，所以我就去當了。」

「原來如此，」何天瑜點點頭，轉頭看言子陽，「那你呢？」

結果等了半天也沒等到回應，後者依舊忙著吃。

身為好友的羅伊只好代替他回答：「從他懂事開始，每天跟在他媽媽身邊學著看服裝秀……服裝設計是沒看懂，台步倒是學得有模有樣。」

何天瑜聽了恍然大悟……差點忘記，這傢伙的媽媽可是大名鼎鼎的Brittany K啊。

「後來長大了，他一天到晚纏著他媽媽做衣服給他穿，她告訴他，以後當上模特兒就可以穿她做的衣服，所以他就報考模特兒科了，結果呢……」羅伊打趣地看著不遠處正在另一張桌子上檢查樣布尺寸的管湘，「老媽做的衣服還沒穿，現在要先穿別人做的嘍……」

言子陽手裡抓著雞腿，好不容易反應過來，用腳踹了羅伊一下。

這時一直安靜著的管湘，突然陰森森地開口：「……言子陽。」

「……幹麼？」被叫到的人滿嘴的雞肉，嘴唇油得像塗了層唇蜜。

「腰圍胖了一點三吋，」那頭的眼刀一下子飛過來，「還不把手裡的東西放下。」

言子陽噘起嘴，像是正啃著骨頭卻被人一把搶走的大狗狗。他把雞腿扔開，用溼紙巾擦過了手，跑去工作桌旁纏著管湘。

「我給妳的尺寸表是高一時量的，」他忙著解釋，「我現在都高三了，當然會長胖。」

「既然知道會長胖，還原封不動地把尺寸表給我？」管湘十分嚴肅，手裡抓著的白色樣布甩啊甩，「你如果不減肥，我樣衣就得重做，又要花一個多禮拜，嫌我不夠忙是不是……」

「汪汪，我錯了……」

「……」

一旁沙發區上看戲的兩個人，不約而同搖了搖頭。

幾週後期中考結束，所有人放下課本，開始忙碌準備棚拍作品集的事宜。

棚拍作品集之於期末服裝秀來說，更像是一個中途緩衝點，參展的人不得不先趕製出第一版成品，讓模特兒穿上後看看效果，如果有任何不適合或與設計理念不符之處，才能在服裝秀前進行調整和修改。

也因為成品通常在這時才第一次上模特兒的身，任何問題也容易在此時被發現。

例如管湘就覺得她做的西外，穿在言子陽身上乏善可陳、不夠靈動。

彼時正在按著順序等待棚拍，言子陽剛換上一身西裝出來，帥是帥，但似乎少了亮點。

「會不會因為顏色是全黑的關係？雖然這個黑錦緞的光澤很美……」何天瑜在一旁幫著品評道，「要不妳回頭在西外上車個花樣什麼的？放個胸針也好啊。」

「不能，」管湘拒絕得很快，嚴肅地說：「那樣不符合設計理念。」

她看著自己的作品……貼合理念、選色正確、布料沒有失誤，結構也很出色，如果非得找出一個缺點，那就是設計元素單薄了些。

那究竟該怎麼做，才能讓這西外看上去……更自由、更奔放呢？

這時，什麼東西滾到管湘腳邊、輕輕撞了一下。她第一個反應是低下頭來，只見一捆黑底銀絲的寬緞帶停在鞋子旁，開頭的那端不知道從哪裡長長地延伸過來。管湘的目光順著緞帶一路追過去，竟看見顏以郡的手正捏著另一端。

「抱歉，手滑。」她說，卻傲嬌地不肯看管湘一眼，「這緞帶反正我也用不上，送妳。」

說完，她把緞帶的那一頭捆在手邊的針包上，手一揚扔了過來。管湘反射性地接下，還有點搞不清楚狀況……突然扔給她一捆緞帶做什麼？

「妳可別小瞧那捆緞帶，上面所有的銀繡都是手工的，」顏以郡雙手環胸，得意地告訴她：「我朋友特地從英國帶回來的，價格不斐，妳可要用在刀口上。」

管湘低下頭來細看，果然黑底中藏著極細的銀絲，若隱若現，讓緞帶看起來像是縮小版的銀河。可顏以郡要她「用在刀口上」是什麼意思？待要詢問，那人早帶著模特兒進棚去了，哪都沒有她的身影。

「湘湘，這緞帶好漂亮，」何天瑜替她將拉出來的部分收回來捲好，邊欣賞邊不解，「可是她幹麼突然送緞帶給妳啊？」

「我也不——」管湘轉身，一襲西裝的言子陽又進入她的視線，「嗯？該不會……」

她隨手拉了段緞帶往言子陽身上比，顏色正好襯這件充滿光澤感的西外。

至於用法……管湘靈機一動，讓何天瑜替她找來剪刀和別針。

她將黑緞帶裁成幾種不同長度，接著用藏針法分別將緞帶別在西外上，領口、袖口、胸前、下襬……位置和長短分配她全按著感覺來，下手大膽，連何天瑜都被驚艷。

只見改造過後的西裝外套，拘謹中添了流線和動態感，效果十分出彩。

「天啊，湘湘妳真的是天才來著……」何天瑜張著嘴嘆道。

「軟飄帶是很多知名設計師愛用的元素，如果不是看到緞帶，我也想不到的。」管湘說，一面微調緞帶位置和檢查別針是否外露。

「原來她給妳緞帶是這個意思啊，真是沒想到……」搞懂了前因後果，何天瑜聳聳肩，卻想起什麼似地突然抓住管湘的手，「可是這樣不就跟妳原本的設計不一樣了嗎？」

「天瑜，設計沒有標準答案，」管湘將剩下的緞帶捆好、收進袋子裡，笑答：「對我來說，最終的樣子就該是它最好的樣子。」

「最終……最好……」何天瑜聽得混亂，搖搖頭，抬眼看從剛才到現在就半點反應都沒有的模特兒本人，赫然發現他睡著了，「……天啊，你怎麼站著也能睡啊？難怪湘湘說你是睡美男來著……」

美男是真的，但更多的是「睡」這個字。

言子陽的手插在西褲口袋裡，整個人背倚著牆，不睜眼，只是攢了攢眉表示情緒。

老子真的很想睡覺的情緒。

「他昨天彩排到凌晨，我們棚拍又一早開始，」管湘輕輕笑了下，「不怪他累。」

言子陽出院以後歷經了幾個月的復健，接著再度回到時代娛樂模特兒訓練中心，開始上課、受訓，而演藝經紀部也重新開始替他接案。他的條件優秀，檔案一重新開放，馬上就吸引來不少品牌的預約，T台、拍攝，甚至還有短片客串。

工作滿檔的情況下，他老是一臉睏倦，抱怨連連，對此，管湘倒挺看好的。

兩個人忙的都沒什麼機會再回到美術大樓頂，直到那天，管湘在女洗手間耳聞頂樓花棚要拆了的消息，最後是何天瑜上論壇爬了幾篇文，才確定真實性。

「好好的，為什麼突然要拆？」她不解。

「嗯……好像說花棚太老舊了吧，怕結構損壞會塌，」何天瑜的手一下一下刷過手機，「還有就是之前的鬧鬼傳聞啊，有人說那東西聚陰什麼的……」

鬧鬼……管湘偏頭想了想，忍不住笑了。

那鬼，該不會說的是言子陽吧？

瞬間意識到這件事情其實不好笑，管湘收斂了表情，又問：「有沒有說什麼時候拆？」

「唔，我看看喔……」何天瑜皺著眉搜尋內容，「有了，上面說下禮拜一。」

下禮拜一拆，而今天是禮拜五。

管湘嗖的一下跳起來，「跟班導說我身體不舒服，病假一節。」

「湘湘，妳要去哪裡啊？」何天瑜喊道，但是只來得及看見管湘的背影。

一路奔跑上坡、再爬五層樓梯，管湘幾度感覺喘不過氣來。她站在頂樓鐵門旁氣喘吁吁，好不容易緩了呼吸，才往裡踏。撇頭右望，果然如她預料的一樣——

言子陽正在綠草皮毯上睡著。

過往好幾次差不多的畫面重疊在管湘腦海裡，一瞬間，她居然有些不捨。

她在他身旁躺下，約莫是驚擾了他的睡夢，言子陽動了幾下，睜眼。

管湘望著花棚頂上的乾燥花，問他：「什麼時候來的？」

「午休的時候。」

「是因為看到花棚要拆了的消息？」

「嗯。」

「捨不得嗎？」

「一點點。」

「嗯，」她點點頭，「我也是。」

管湘想起前班導給她轉科書的那天，她一路爬上來，就為了一死。當然，最後沒死成，還與這個頂樓、這座花棚，跟……這裡的鬼，結下了密不可分的關係。

「那天，你為什麼救我？」她問。當時是怎麼被從牆上拉下來的，她全無印象。

「因為不想妳跟我一樣後悔。」

「後悔……」管湘轉頭看他，「你後悔嗎？」

「當然，」言子陽笑了笑，「一個人在頂樓待著，誰也看不見你，連個說話的對象都沒有，不要說一年……一個禮拜你就無聊地想死了。」

「……說不定我會成功，不會像你半死不活的啊。」

言子陽用腳踢了她一下，「如果妳成功了，誰救我？」

「……」管湘眨眨眼。

是呀，因為他救了她，所以她才能救他。

「話說回來，妳也該道謝了吧？」言子陽說著翻過身去，側躺著面對管湘，「素描到現在一張也沒送我就算了，連謝謝都沒說過。」

「我沒說過嗎？好吧……」管湘想了想，也學他翻了個身，結果一側過臉，就發現兩個人的距離實在太近，她與他，幾乎都要臉貼臉了，「呃……謝謝你救我。」

空氣中，兩個人的氣息交織在一起，言子陽看著她，眼裡藏著的暗流漸漸湧現。當他的手輕撫上管湘的後腦，她還遲鈍地不知道他想幹什麼，直到言子陽手上微微使力，讓她仰起臉、靠近他。

「我也……謝謝妳救我。」他啞著聲，話一說完就將唇貼了上去，自然而然地閉起眼。

花棚裡，寂靜無聲。

是個微熱的下午，服裝秀後台擁擠且混亂。

管湘剛把最終版的三套作品都搬進後台，就接到邢華的電話。她連忙請何天瑜替她保管好衣服，自己則是快步走上前台。她跑過T台、越過數百個觀眾席的椅子、避開場內還未梳理隱藏的電線，最後側身閃過舞台布置人員推進來的音箱，好不容易才來到展廳入口。

看來，前台與後台都一樣混亂。

她突然想起第一次碰見羅伊時，他告訴她的話。

「服裝秀最迷人的風景，就是那些在上台前一秒才準備好的混亂。」

如今自己成了服裝秀的其中一個要角，方能細細領會。

管湘在展廳入口四處張望，很快就瞧見那個盛裝打扮的舞蹈家。她迎上前，見邢華身邊還站了個西裝筆挺、但款式稍嫌保守拘謹的男人，她嘴角輕揚。

「湘湘，」邢華遠遠地朝她揮手，待她走近一把抱住她，「恭喜妳，終於到這一天。」

管湘笑著道謝，臉頰微微泛紅。她轉過身，只見李朝明將手裡小小的一束花遞給她。

「真心恭喜妳，」他向她致喜，又說：「做什麼都像模像樣。」

管湘接過花，從懷裡掏出兩個信封，分別交給兩人，說道：「真抱歉，邀請卡上禮拜才趕製出來，我又忙著改衣服，只好現在才拿給你們。等會兒給門口的保安人員看一下，就可以入場了……大概再過半個小時吧。」

邢華和李朝明收起邀請卡，笑著說沒關係，這時管湘又收到何天瑜的訊息。

「準備開始了妳快回來！」

「快點！」

「模特兒要換衣服了！」

訊息連三發，顯示後台情況緊急。管湘對著邢華歉然道：「我得先回後台了。」

「妳忙去，我和李醫師先去買杯咖啡喝。」邢華揮揮手讓她趕緊走，待她跑得遠了，又突然在後頭喊道：「湘湘，加油！」

管湘嘴角含著笑，回頭看邢華和李朝明的身影，漸漸隱沒在人群中。

她回到後台，言子陽的妝髮已經完成，正在等她的指揮，她於是抱起第一套衣服塞給他，並及時阻止他直接把自己的上衣扒下來。

言子陽動作卡在半途，疑惑問她：「幹麼？」

管湘摀住他的眼睛，並且推著他往更衣室走，「後台都是女模特兒，你脫什麼脫？」

把言子陽推進一旁的簡易更衣室，眼看著管湘要替他拉起簾子，卻被擋下。

他抓著她的手，眼神發亮，「不會吧……妳這是吃醋了？」

「吃什麼醋？」管湘眨眨眼。

「妳就承認有什麼關係，說吧，」言子陽笑得促狹，彎著腰把臉湊到她面前，「是怕別人看我、還是怕我看別人啊？」

管湘認真思考了會兒，點頭道：「嗯，兩個都有。」

「看吧，吃醋了，」得到她的認證，言子陽顯得很開心，若以大狗狗的狀態形容，那就是奮力搖著尾巴的模樣，「怕我看上別人，又怕別人看上我，嘖嘖嘖，沒想到妳是個醋罈子啊……」

「胡說八道，我是怕她們看了你會覺得噁心、你看了她們會變成騷擾，」管湘忿忿地拉上門簾，把言子陽的臉隔開，「世界上怎麼會有這麼自戀的人？」

她走回自己的準備區，見何天瑜正拿著個小冊子翻看，好奇湊上去。

「這什麼？」

「場刊，」何天瑜翻到自己的那一頁，哭喪著臉，「這照片誰選的啊？醜死了。」

本日服裝秀場刊，也就是刊載所有參展人理念和作品集照片的小手冊，一般來說是發給來賓參閱使用，而為了方便辨認設計者，上頭也會放上他們的頭貼……顯然何天瑜對自己的頭貼非常不滿意。

管湘的注意力則是放在何天瑜的作品集照片上。

她這次的主題是將洛可可時期的服裝元素結合時裝，力圖打造出「現代洛可可女神」風，於是大膽使用了蕾絲、蝴蝶結、繡花、鏤空等等素材，光做工看上去就比其他人的繁雜很多。

比起設計，這個作品要求更高的是工藝。

「天瑜，我覺得妳這次有機會從車尾、爬到列車長車廂去。」管湘說。

何天瑜噗哧一聲笑出來，「湘湘，妳太誇張了吧。」

「我沒誇張，妳自己看……」她指著穿好作品服走出來的模特兒，「這馬甲連身褲的結構這麼複雜，妳是怎麼辦到的？還用印花布……光是要在接縫對準那些印花就很難了。我覺得妳這次選題很優秀，這些衣服很出色。」

何天瑜一陣感動，眼眶紅了一圈，「湘湘，有妳的誇獎，我就算吊車尾也心甘情願。」

「放心吧，妳不會吊車尾的。」管湘接著拿過場刊，翻到自己的那一頁。

頭貼選的是張她的側臉照，她也不知道是什麼時候被偷拍的，反正這不重要。她將目光移至她的作品集，心臟一陣緊縮，忍不住回想起那一日，言子陽在攝影棚大展身手的模樣。

「哇，這照片太好看了吧……」何天瑜湊過來瞥了幾眼，萬般羨慕，「言子陽不愧是專業模特兒、顏值又高，拍起作品集跟我們這些凡人就是不一樣啊……」

管湘微微紅著臉，沒說話，好像人家誇的是她一樣。

「湘湘，話說回來，我真的很喜歡妳這次的理念，從剛踏進青春期稚嫩的我們、到經歷轉變和痛苦的『蝶蛹』階段，最後變身一個嶄新的自己……」何天瑜按場刊念著，忍不住感動地說：「《青春三重奏》實在太扣題、太有共鳴了……我看妳才要爬到列車長車廂去吧。」

管湘低眉笑了笑，「就算真是這樣，也讓妳坐頭等車廂。」

兩個人抱在一起笑了好一會，何天瑜突然好奇地問起管湘最早那個版本的設計理念，因為她從未看過，而管湘又全數換掉了。

管湘不著痕跡瞥了不遠處、正在替模特兒整理儀容的顏以郡一眼。大概是為了證明她對服設的熱愛，最後她真的按管湘說的，自己交了新的三套設計上去，且完全避開管湘原先使用過的元素或版型，真正做出了自己的作品。

「不重要，」管湘收回目光，笑了笑，「我說過，設計最終的樣子就該是它最好的樣子。」

「唉唷，妳又在說我聽不懂的話了。」何天瑜抗議。

這時言子陽總算換好了第一套衣服出來，整個後台有一瞬間的安靜。

是他太襯她的衣服、還是她的衣服太襯他，不得而知，總之他的出現造成了視覺衝擊。

他走到管湘跟前，她於是很自然地抬起手來替他整理衣領，而她這麼做的時候，言子陽就低著頭看她，嘴角含了一抹淺淺的笑。

突然哪裡傳來喀嚓一聲。管湘轉頭，發現何天瑜拿手機對著他們。

「對不起，我忍不住，」她在一旁笑得樂呵呵，「這畫面實在太美了。」

管湘無奈地看過去一眼後拉回注意力，替言子陽戴上搭配的耳環，問：「你……有把邀請函寄給老師嗎？她今天會來嗎？」

「寄了，」言子陽先是點頭，然後聳肩，「至於她會不會來，這我就不知道了。」

「……為什麼，她不是你媽媽？」管湘問。

「她先是大設計師、大忙人Brittany K，然後才是我媽。」言子陽大手一伸，放在了管湘頭頂上，「還有，她沒給過妳什麼，不用叫她老師。」

「誰說沒有，」管湘反駁道，「白用了她這麼久的工作室……」

「那妳叫她房東吧。」

「……」

這時，有幾個穿著貨運行制服的男人進了後台，指名要管湘簽收東西。

管湘走上前，見男人手裡是一大束花，後頭兩個還各搬了一個花籃，問她要放哪。

「幫我放走廊上就好，謝謝，辛苦了。」管湘一邊說、一邊提筆簽收了。

言子陽替她接過那束花，發覺拿在手上居然挺重的，馬上一張嘴巴就嘟了起來，「……是誰送妳的花？這麼大手筆，還加送兩個大花籃。」

管湘抽起裡頭的小卡，拿在手上看了一眼，然後轉頭走回後台邊。

言子陽還不放棄，追在她身邊問：「男的？女的？是誰？我認識嗎？」

……這是剛才還在問她是不是吃醋的男人嗎？管湘覺得好笑。

她停下腳步，回頭簡單地丟下一句：「你媽。」

於是有人在原地愣了幾秒，大概是覺得不好意思，「……喔。」

「親愛的管湘：抱歉，這幾天正逢紐約的店開幕，我走不開，謹以這些花致上我的心意。謝謝妳，也恭喜妳。請替我照顧好子陽。 By Brittany.」

管湘將卡片好好地收進包裡，這時前台的燈光暗下來，音樂也變了。

「要開始了，」何天瑜跳過來抓住了她，「怎麼辦，我好緊張啊。」

「又不是妳上去走，緊張什麼？」管湘笑了笑，雖然她的心跳好像也比平常快些。

致詞和開場沒有耽誤太久，第一個模特兒馬上就送上台去了。或許因為管湘做的是男裝、比較特別，所以被安排在每一套的壓軸位置。

她趁最後的時間檢查言子陽身上的衣服，手裡抓著掛燙機，把褲管又熨了熨，熨完後拿來海綿和髮膠，親自幫言子陽補妝和整理頭髮。校內服裝展和外頭的品牌服裝展不同，節奏沒有那麼緊湊，等手上的事情都做完以後，管湘發現自己實在是找不到其他事情做了。

眼看前面還有一個模特兒正要上台，管湘要言子陽在她面前轉一圈，好確認衣服的狀態。

「別緊張，」言子陽抓住她的手，緊緊握著，「放心吧。」

「放心什麼？」

「妳的衣服會在T台上發光的。」他看她，自信地笑了笑。

管湘從不曾感覺心跳這麼快過，也不知道是因為言子陽準備上台了，還是因為他的話。

他放開她，邁步走向舞台梯，他的每一步，在管湘眼裡都是慢動作。舞台上的光透進後台，把言子陽照得比什麼都耀眼。於是管湘明白了。

是因為他，有他在，所以她的設計會發光。

言子陽抬起腳，三兩下上了階梯，然後迎著光，往T台上踏出了篤實的一步。

就是那一瞬間，管湘覺得完整了。

他們的青春，因不完整而完整。

全文完

番外一　如果我能碰到妳

其實言子陽早就知道，光靠吞下這些藥片，也不可能帶走他的性命。

或者說，就是因為知道，所以他才會選擇這麼做。

他不是真的想要離開，在他的想像中，自己或許會嘔吐、失去語言能力、暈眩遲緩、沒了意識……無論哪一個都好，只要其中之一發生在他身上，學校定會大驚小怪地通知他的家人，那麼，她就會回來。

他那毅然決然離開家的母親。

可是他沒有想到那一日吞下了藥片、睡一覺醒來後，竟是坐在木椅上看著自己的身體被救護人員抬上擔架。

他試著阻止、叫喚，可是誰也看不見、聽不見他。

在那之後，頂樓恢復寧靜。全世界都離開了，只有他留了下來。

剛開始，他的活動範圍極小，只能依附著那張他吞藥時躺著的木椅，且成日多眠，大部分時間都在睡覺，，後來時日漸長，他覺得自己慢慢有了力量，不再需要那麼多睡眠、也可以離開那張木椅、甚至離開頂樓。

於是他偶爾在校園亂晃、偶爾回自己班上去看看同學老師、偶爾回訓練分部玩樂，更偶爾聽說了哪個設計師要辦服裝秀，他會偷偷溜進場去看——反正他是鬼，鬼不需要門票。

可自由自在、自得其樂了一段時間後，他慢慢開始對一切失去興趣。

終究，沒有人能看見自己、聽見自己這事，讓他越來越寂寞、也越來越憂鬱。

他曾在回到班上的時候聽同學談起他，也曾在訓練分部看經紀人嘆著氣、把他的檔案從活動名冊中撤下……他想，或許在他做了那件事之後，圍繞著他的世界還是有不少改變的，然而他期盼見到的人，卻一直沒有回來。

他沒有去醫院看過自己，因為，他害怕。

他害怕從別人口中聽說，母親真的一次都沒來過，即便他是為了引起她注意才吞的藥、即便如今他已經好長時間昏迷不醒、即便他是她唯一的骨肉，而她說過她愛他……

即便和自己身體相連的某部分記憶已經告訴他，母親真的從未出現過。

這樣寂寞和悲傷的情緒，在某一天突然到頭了。

晚上七點多，天空下著小雨，美術大樓前突然有個空飲料罐從天而降，匡啷一聲碎了滿地，在校園安靜自習的氛圍中引起了騷動。

聞聲前來查看的科主任發現滿地玻璃碎片後震怒，心想要不是下著雨、路上沒有學生逗留，否則這東西要是砸著誰，肯定要出大事。

「你，去看看是誰這麼晚了還在上面玩鬧！」美術科某資深教師於是被點名，「找到人帶下來，我要狠狠懲處……這個一定得記過。」

教師唯唯諾諾地應下，奉命爬上頂層後，赫然發現頂樓的鐵門是鎖上的。

拴著門的鎖和鐵鍊甚至都蒙了灰……教師端詳著，憶起似乎自上次某模特兒科生在這裡吞藥自殺未遂後，為防止更多學生仿效，這門就一直鎖著了。

思及此，教師不寒而慄。

回報科主任以後，一群美術科的教師也帶了手電筒上來、打開鎖查看。

雨已經停了，然而頂樓誰也不在。

在這詭譎的氣氛下，人人沉默，最後還是科主任開了口。

「今天的事，就說是有學生頑皮，已經懲處了……頂樓一直鎖著的事，不要說出去，免得生出什麼奇怪的傳言。」科主任推推眼鏡，嚴肅道：「那件事也過去很久了，之後頂樓就別鎖了……要是又發生類似的事，總不至於讓學生恐慌。」

一群教師點頭領命，把鐵門微微掩上就離開了。

言子陽一直站在矮牆邊看著一切，此時還沒能回過神來。

他方才不過就是難受到了極點、想要發洩，所以伸手往矮牆上的飲料罐揮了過去，按從前的經驗，他什麼也碰不到、這一揮只能揮空，所以他並未節制力量——可那罐子竟就在他眼前飛出去了。

然後摔碎。

他看著自己的手掌，嘗試去摸一旁花盆裡的枝椏，卻和從前一樣，無法碰觸到。

為了這點異常，言子陽反覆思索、測試，後來推算出一個可能——那就是只有下雨天的時候，他能偶然碰到東西，且作用範圍只有在這個頂樓以內。

他不知道是不是因為吞藥那日，天也下著雨。

天外飛來一個玻璃罐砸了粉碎後，雖然知道事實的教師們誰也沒說漏嘴，但頂樓疑似鬧鬼的傳聞還是在科上散播開來。有的人害怕、有的人嗤之以鼻、有的人事不關己，更有些人……好奇。

這日大白天的，天卻昏昏暗暗下著雨，兩個美術科的女生趁午休時爬上頂樓，想針對鬧鬼的傳聞一探究竟，見門半掩著便推開，進來後左看右看，半晌，似乎有點失望。

「什麼啊，一點都不陰森啊。」高的那個女生說。

「就是說嘛，」矮的女生踏上棧道，走近花棚，「倒是這個漂亮的花棚，感覺很適合拍點什麼作品。」

「那就等天氣好的時候再來吧。」高的女生又說，並轉頭瞧著四周，「我看這裡這麼乾淨，也不像是鬧鬼的樣子……到底是誰傳出來的八卦？」

「誰知道呢？」矮的女生說著拍了拍手上灰塵，正準備走下棧道和同伴一起離開，卻突然感覺一股力量絆住了她的腳——她整個人往前一傾，摔跪在地上。

「沒事吧？」同伴上來扶她，一面檢查傷勢，幸好只有膝蓋微紅，「怎麼好端端走著突然就跌倒了？」

「我……我不知道，」她有些慌亂，回頭往空無一人的木椅上瞥了眼，心底有一股說不出的不安，

「可能下雨地上有點溼滑吧。」

她們結伴走到鐵門前時，只聽得矮的女生小小聲對另一人說了什麼，接著兩個人都加快腳步離開頂樓。

言子陽躺在木椅上，聽得倒清楚。

她說：「我感覺有人拉住我的腳踝。」

他伸出手，看著自己的掌心、再看看這下雨的天。

居然是真的。

那天之後，兩個女生將事發經過PO上了學校論壇，美術大樓頂鬧鬼的事便傳得更沸沸揚揚，於是原就冷清的頂樓，真的再無人上來了。

言子陽依舊孤單，且在這漫長而無盡頭的等待之下，好像什麼都吸引不了他了。

他又回到那個每天都在木椅上沉睡老長時間的狀態。

這一日又下著雨，空氣微涼，言子陽睡著睡著，竟聽見有人打開鐵門的聲音。他當即醒來，發現是個纖瘦的女孩，人已經被雨淋得半溼，並在他的注視之下，爬上了那道矮牆。

了解她為什麼這麼做的那一秒，他慌了。

獨自待在頂樓這麼長時間，他唯一悟出來的心得就是——死真的沒辦法解決問題。

半死也沒辦法。

他不希望再有人跟他一樣了。

他跑起來，看著矮牆上的人影、再望望下雨的天，心裡只有一個念頭。

「如果我能碰得到妳，我一定救妳。」

番外二　有你的未來

今天是漢平藝術高中服設三年級的畢業成果展，場外來的人比預期多上一倍，入口都給擠得看不見了。會來這麼多人，除了因為大專圈內早聽說這屆有幾個優秀的設計尖子、想來探探虛實之外，也是因為一個小道消息。

畢展一週前，學校論壇就有匿名人士發了篇文，說有兩名校友、同時亦是近期頗受矚目的模特兒會來觀展……消息一出，服設科成果展從對外票到公關票，全都被掃得一張不剩。

於是開展前管湘在場外見到言子陽和羅伊時，他們正被圍觀人群團團包圍，要簽名的有、要合照的更多。

她花了點時間，好不容易鑽過人群來到兩人面前，還引起了一點抱怨。

言子陽見狀連忙將她拉到自己身邊，一隻大手放到了她頭上，「……好久不見。」

管湘抬頭，冷不防撞上言子陽有些灼人的視線，便是一愣。

確實許久未見了。

為了去紐約幫Brittany K走品牌分店的開幕秀，言子陽和管湘分隔兩地將近一個月，時差加上各自都忙碌的關係，視訊電話也只是匆匆聊了幾次。

管湘打量著面前的人，神色看上去有點疲累、精神不濟，不由得眉頭一皺，「飛機上沒睡嗎？怎麼看起來這麼累?」

紐約回來的班機,怎麼說也能睡個七、八個小時吧?

言子陽用大拇指按了按她眼皮下的兩片烏青,淡道:「妳還是擔心妳自己吧,熬夜熬多少天了?」

管湘避開他的目光,心虛道:「……沒多少天。」也就兩個禮拜吧。

不過畢展前,服設三年級的人本就是集體熬夜,也不是只有她一個人這樣的。

「放心吧,」羅伊笑著打岔,「我們在飛機上都有睡,待會可有精神看秀了。」

為了方便說話,管湘決定把兩個人先領去後台,至少圍觀群眾會少一點。一路上,路人指指點點、七嘴八舌地,讓言子陽覺得好笑。

「要是他們知道我媽要來,豈不是要更興奮?」

管湘腳下一頓,「……老師要來嗎?」

「嗯,」言子陽說著看了看錶,「不過不會那麼快,下飛機之後她就先去店裡了,也不知道能不能趕上開場——對了,妳的順序是第幾個?」

「十四,」說著,三人已經推門走進後台,「不算早,老師應該來得及。」

果然畢業展在前,所有人都特別懂分寸,班上同學見到管湘帶進來兩個人也只是多看了幾眼,手上該做的事情卻都沒有停頓,倒是何天瑜放下模特兒頭上編到一半的髮辮,開心地迎了上來。

「對了,」寒暄過後,何天瑜對管湘說:「妳的模特兒小弟剛才滿場子找妳呢。」

話才出口，言子陽就挑了挑眉，可惜沒人發現他的異樣。

「找我嗎？」管湘問，轉頭在後台搜著那人的身影，沒多久，梳化間走出一人，那一八九公分的身高在後台一眾設計師和女模特兒之中，也是鶴立雞群的存在。

大約只有言子陽和羅伊不覺得壓迫了。

「學姊，妳跑去哪了？」小模特兒有些不滿，奶聲奶氣地向她抱怨，「後台都是女孩子，妳怎麼把我一個人丟在這？」

小模特兒的母親是西班牙人，混血五官生得十分精緻，人雖稚嫩，可此時完成了妝髮，氣勢上一點也不輸給在場的兩個現役模特兒。

言子陽知道，為了能襯起她的設計，管湘挑模特兒的眼光本就嚴格——否則當初怎麼會挑上他——但他就是本能地生出一種較勁的欲望來。

於是那股欲望透過眼神，把小模特兒給凍了一下。

「呃，我來介紹，」見現場氣氛不知為何變得有些古怪，管湘連忙打圓場，「這位是我這次服裝秀的模特兒J.seph，現在二年級，這兩位是你的學長，Zi和Roi。」

J.seph乖巧地點了點頭，說了句：「學長好。」

「你好。」羅伊向來笑臉迎人，此時還和學弟握了手。

言子陽卻只是打量了對方幾眼後，對管湘說：「我想喝咖啡。」

管湘愣了愣，道：「喔……我帶你去買吧，側門有咖啡車。」

他有些高傲地「嗯」了一聲，邁開步伐，管湘便跟著他往外走，不曾想不會讀空氣的J.seph卻在背後喊道：「學姊，妳又要把我一個人丟在這啦？」

唉！她忘了這孩子從小在國外長大又是獨生子，性子有些黏人愛鬧。

管湘回過頭，才正要出聲安撫就被人給拉住了。

言子陽牽著她的手不讓她動，對學弟道：「我把Roi留下來，這樣就有男生陪你了。」

說完，一個勁地把管湘拽著出了後台。

管湘任他拉著走了半晌，才反應過來言子陽這陰陽怪氣地是怎麼了。

「……你跟一個學弟吃什麼醋？」她好笑地問。

「還好意思問我，」言子陽忿忿，「妳的畢業服裝秀，這麼重要的場合居然不找我走，反而找一個外人——他有比我好嗎？」

當然沒有……管湘心想。

「你太忙了，公司幫你接了那麼多工作，」管湘說，想起有陣子言子陽還要兼顧藝術大學的課業，每天只能睡兩、三個小時，她哪裡捨得再增加他的工作量，「況且你現在價碼翻了好幾倍，我可請不起。」

言子陽卻還是那句老話：「妳又不用付錢，做套衣服給我就行。」

「你經紀人會討厭我的，」說著兩人踏出了學校側門，管湘又道：「況且畢業展前的一個月要試裝、拍照、彩排、改衣服等等，模特兒不能不在啊……我可不好意思跟老師搶人。」

話落，兩人來到咖啡車前。管湘要了兩杯冰美式，見攤車上有巧克力甜甜圈，轉頭隨口一問：「要吃嗎？」

言子陽皮笑肉不笑，「妳是不是希望我變胖沒有案子接，這樣就能多點時間陪妳了？」

「呃，」管湘尷尬地搖了搖頭，「我只是想，吃點甜的或許你心情會比較好。」不然她總覺得，這傢伙自從進了後台，臉色就陰晴不定的。

「我心情很好，」言子陽嘆了口氣，攬住管湘的肩膀把人往懷裡帶，「如果知道我女朋友這麼久沒見我了，很想我的話，心情會更好。」

管湘仰臉，蹭在他懷抱裡乖乖地說：「我很想你呀。」

言子陽低頭，見到管湘清澈而真摯的眼神，一瞬間心底的小劇場全數落幕，只剩下柔情似水，正想要彎腰吻她，就聽見咖啡車老闆輕咳了一聲。

「那個……同學，請先付款喔。」

三個小時後，服裝秀圓滿結束，人潮一散場，言子陽就去了後台。

管湘正在整理J.seph換下來的衣服，見他來了便問：「老師呢？」

言子陽摸摸鼻子，「走了。」

「這麼快？」管湘呆了呆，又問：「那她……有沒有說什麼？」

畢竟是大設計師兼言子陽的親媽，既然專程來看了她的畢業服裝秀，管湘自然會好奇

Brittany K對她設計的評價。

「什麼也沒說，」言子陽搖搖頭，「接了一通電話就走了。」

管湘歛眉，有些失落道：「……喔。」

見她如此，言子陽憋了一陣卻還是笑出來，不忍再逗她，便將藏在身後的牛皮紙信封交給管湘，「喏，她要我給妳的，說恭喜妳畢業。」

拆開信封，裡頭是一份文件，管湘掃了一眼，是紐約某設計名校的錄取通知，至於被錄取人是……她本人？

「這……怎麼可能，」管湘不可思議地喃喃，「我沒有申請這間學校啊。」

「她帶著妳的作品去了這裡，」言子陽說，「親自推薦了妳。」

管湘瞪大眼，「我的作品？可是她怎麼會有——」

「前陣子妳不是在工作室做備審資料嗎？」言子陽挑挑眉，然後笑起來，「那天我趁妳去買飯的時候偷偷copy了一份給她。」

管湘一下子出了神……幾個月前，她準備備審資料的時候，言子陽正好沒有工作，學校空堂時就會去工作室陪她。那日中午，她說要出去買飯，他卻反常地說很累、想留在工作室休息，於是她便一個人去了。

「原來那天你是為了這個！」管湘推了他一下，「害我還以為你身體不舒服！」

「沒事，我只是遵母命，完成指令而已。」言子陽賊賊笑著，又道：「她說希望妳有最好的資源，不要埋沒了自己。」

言子陽沒說的是，Brittany K想以這一紙錄取通知書表達對管湘的感謝，感謝當初她在他們母子倆的事情之中傾力相助。

無論如何，管湘都很感動。

雖然國內藝術大學的名額她已經掌握了幾個不錯的，但肯定都比不上Brittany K替她爭取來的這一個。如果沒有Brittany K的幫助，她不可能有機會去這世人眼中的設計聖堂學習。想到這，管湘的心情不免有些激動。

但隨即，她又想到了另一件事。

「那……」她拉住言子陽的手，怯怯地問：「那你呢？」

言子陽如今正在國內的藝術大學修業中，如果她真的去了紐約的學校，那他們兩個豈不是要——

「讓我媽把我女朋友拐到國外去念書，然後把我丟在國內，」言子陽好笑地說：「妳覺得我會容許這種事情發生？」

管湘不知怎麼地，臉紅了起來。

也對……當初讓Brittany K替她申請學校這事，肯定也有言子陽的授意。

言子陽又說：「早在一年前畢業的時候，我就拿過紐約好幾個大學的offer了，而且經紀公司在那裡也有委託的事務所，出國對我來說一點問題都沒有。」

「那……」管湘沒多想，只是自然而然地問：「你為什麼沒有一畢業就去？」

事後想想，她也覺得自己這個問題問得有點蠢，可如果不是她犯蠢，便聽不見言子陽接下來說的那句話了。

他把手放她頭上揉了揉，低聲道：「當然是等妳長大嘍，要去一起去。」

管湘把手上的衣服和信封一扔，紅著眼睛撲進了言子陽懷裡。

她沒想過成為頂尖，只希望一步步蛻變的過程，有他陪伴；他沒想過名揚四海，只希望走在T台的每一天，有她注目。

他們都沒細想過未來，或者說……去哪個未來都可以。

只要那個未來有彼此。

番外完

後記

啊……每當要寫後記的時候腦袋都會很誠實的一片空白，我想我真的不適合當一個煽情的作者吧……於是為了寫這篇後記，我去翻了寫文當下我都在和文友的群組裡面說了些什麼、也去翻限時動態典藏看看我那時發了什麼文。

結果除了發現我寫文壓力大的時候會很ㄎㄧㄤ之外，什麼都沒有。

那麼，就來說說這本書構思的過程好了，最開始的時候……

「我想寫一個故事，故事裡有一個男生，他一直待在頂樓不回家。」

嗯，這本書就是從這句話開始的。

先不要問我為什麼會出現這句話，因為我也不知道……不確定是不是夢到的。

有了開頭之後，接下來其實就是一連串問自己「為什麼」的過程。

為什麼這個男生要待在頂樓不回家呢？當時我想過滿多設定的，比如翹家的不良少年、比如無家可歸的乞丐、比如在頂樓研究祕密科學實驗的少年愛因斯坦之類的，最後我決定把他變成鬼。

那麼女主角在沒有陰陽眼設定的情況下，為什麼看得到男主角呢？小時候阿嬤說想要看到鬼，就要滴牛的眼淚，不然就是自己也去鬼門關走一回，就可以看到了……所以我就設定女主角跳樓，但是沒有成功。

於是接下來就很容易了，女主角為什麼跳樓？什麼事情令她傷心欲絕？男主角又為什麼是個鬼？為什麼離不開頂樓……總之就是這樣去推敲，設定就一點一點地生出來了。

我發現大家很喜歡問作者寫一本書的心路歷程，但就如同我前面所講，我好像除了很ㄎ一ㄤ跟會帶著嚴重的強迫症反覆去修稿之外，沒有什麼特別的心路歷程。我發覺我的人生很簡單，想做就做，想寫就寫，想休息就休息，真的沒什麼其他感想，所以只好公開這本書構思的過程給你們了……我還是很有誠意的吧。

當初寫完這本書，請文友幫忙看的時候，曾經得到一個很憤慨的心得。

「妳好狠心，妳這個後媽。」廁所的花子如是說。

確切的內容已經忘了，總之大概是說管湘一路坎坷，好不容易喜歡上一個男生他卻人間蒸發，然而我又非得在這時候讓她的設計作品被人抄襲……簡直是火上澆油、開車輾過。

於是「輾過某個角色」這個詞一度成為我們群組「開虐」的代稱。

猶記得去年華賞截稿前剩沒幾天了，時間特別緊迫，我卻還要去參加明星創作班——最一開始報名的動機是因為可以順便跟11見面——當時真的有夠想死，尤其是第一天好早起床，只能捧著一大杯咖啡去上課。

但是連續三天上的每一堂課都很有收穫，原本想要把華賞的稿子帶到課堂上去寫，結果也因為上課太有趣，於是稿子一個字都沒寫，後來在創作班獲得滿滿的靈感之後，回去順利地把《Hey，親愛的睡美男》給趕完、又在半個月之內把〈有隻男神蹲草叢〉也寫了出來。

這個故事告訴我們有時候不要一個勁地埋頭寫，輸出的同時也要有輸入，適度的放鬆、進修、閱讀、體驗生活……這些都對創作很有幫助也很重要，You are what you write，只有你豐富了自己，你的創作才會更豐富，共勉。

最後，我想藉由這一篇後記的尾聲，小小表達我的悼念之意。其實這幾年陸陸續續走了好多我尊敬且喜歡的藝人，在寫這篇後記的幾個小時前，新聞又報出一個噩耗，心裡真的很難過。

作為一個小小的寫手，有時候真的不知道自己能為這個世界做什麼，只希望我們都能保有最初的善良，善意地去對待他人、也善意地照顧自己……故事裡的管湘和言子陽，其實都曾有過錯誤示範，但因為這只是一個故事，我還可以扭轉它的結局，可現實生活中的很多事情，一旦發生了，就扭轉不了了。

希望大家都好好的，看完這本書，更要好好地活下去。

不管發生什麼事情，不要忘記，「青春的價值就在於，每個人都能擁有重新來過的機會」。

關於這張圖

這是去年華賞為了開書寫文，特地委託好友小千幫我畫的《Hey，親愛的睡美男》封面。

委託當時，故事還只有一個雛形，只是心裡有一個很喜歡的場景，就按照心中的想法去委託了……有趣的地方在於，故事真的寫出來後，我發現沒有辦法讓言子陽和管湘真的躺在什麼大草皮上，於是，就有了草皮地毯（笑

我非常喜歡這張圖，尤其是管湘看著言子陽的眼神，於是就拜託責編以任何形式都好，讓我把這張圖留在書裡面，也感謝責編大人和編輯部許了我這個心願（眼睛發光

至今這個場景仍是我在這本書最喜歡的場景之一。

吉賽兒，抽根菸吧

國家圖書館出版品預行編目資料

Hey, 親愛的睡美男 / 吉賽兒，抽根菸吧作 . -- 初版 . -- 臺北市：
POPO 出版：家庭傳媒城邦分公司發行，民 109.09
面； 公分 . -- (PO 小說 ; 49)
ISBN 978-986-99230-2-6(平裝)

863.57 109012254

PO 小說 49

Hey, 親愛的睡美男

作　　者／吉賽兒，抽根菸吧
企畫選書／簡尤莉
責任編輯／簡尤莉、吳思佳
總 編 輯／劉皇佑
行銷業務／林政杰
版　　權／李婷雯

總 經 理／伍文翠
發 行 人／何飛鵬
法律顧問／元禾法律事務所　王子文律師
出　　版／城邦原創 POPO 出版　城邦原創股份有限公司
台北市中山區民生東路二段 141 號 6 樓
電話：(02) 2509-5506　傳真：(02) 2500-1933
POPO 原創市集網址：www.popo.tw　POPO 出版網址：publish.popo.tw
電子郵件信箱：pod_service@popo.tw
發　　行／英屬蓋曼群島商家庭傳媒股份有限公司城邦分公司
聯絡地址：台北市中山區民生東路二段 141 號 11 樓
書虫客服服務專線：(02) 25007718．(02) 25007719
24 小時傳真服務：(02) 25001990．(02) 25001991
服務時間：週一至週五 09:30-12:00．13:30-17:00
郵撥帳號：19863813　戶名：書虫股份有限公司
讀者服務信箱 email：service@readingclub.com.tw
城邦讀書花園網址：www.cite.com.tw
香港發行所／城邦（香港）出版集團有限公司
地址：香港灣仔駱克道 193 號東超商業中心 1 樓
email：hkcite@biznetvigator.com
電話：(852) 25086231　傳真：(852) 25789337
馬新發行所／城邦（馬新）出版集團 Cité(M)Sdn. Bhd.
41, Jalan Radin Anum, Bandar Baru Sri Petaling,
57000 Kuala Lumpur, Malaysia.
電話：(603) 90578822　傳真：(603) 90576622
email：cite@cite.com.my

封面設計／恬恙
印　　刷／漾格科技股份有限公司
經 銷 商／聯合發行股份有限公司
電話：(02) 2917-8022　傳真：(02) 2911-0053

□ 2020 年 (民 109) 9 月初版　Printed in Taiwan.

定價／ 260 元

ISBN 978-986-99230-2-6